독고진 장편 소설

FUSION FANTASTIC STORY

100마일

100MILE

100마일 9

독고진 장편 소설

초판 1쇄 찍은 날 § 2015년 7월 23일
초판 1쇄 펴낸 날 § 2015년 7월 30일

지은이 § 독고진
펴낸이 § 서경석

편집책임 § 한준만

펴낸곳 § 도서출판 청어람
등록번호 § 제387-1999-000006호
등록일자 § 1999. 5. 31
어람번호 § 제1-2181호

주소 § 경기도 부천시 원미구 부일로 483번길 40 서경B/D 3F (우) 420-822
전화 § 032-656-4452 팩스 § 032-656-4453
http://www.chungeoram.com
E-mail § chungeorambook@daum.net

ISBN 979-11-04-90324-3 04810
ISBN 979-11-04-90145-4 (세트)

독고진 장편 소설

FUSION FANTASTIC STORY

100마일
100MILE

9

100마일

100MILE

CONTENTS

Chapter 1

《한국인 투수 차지혁, 메이저리그 역대 최연소 MVP 수상!》

　예견된 일이었다. 대다수의 사람들이 예상했던 것처럼 LA 다저스의 슈퍼 에이스, 차지혁(만 20세)은 지난 14일 있었던 내셔널리그 MVP 투표 결과에서 투표인단으로부터 1위 표 30표의 몰표를 얻으며 만장일치로 최우수선수에 선정되었다.

　차지혁은 메이저리그 역대 최연소 MVP에 오르면서 이전까지 기록되어 있던 올라 바이다 블루(21세), 조니 벤치(21세), 스탠 뮤지얼(21세)이라는 쟁쟁한 역사적인 인물들보다 한 살 어린 나이에 세계 최고의 선수로서 이름을 날리게 됐다.

무엇보다 더 놀라운 점은 차지혁이 올 시즌 처음으로 메이저리그 무대에 데뷔를 한 따끈따끈한 신인 투수로, 신인상과 사이영상까지 모두 석권하며 메이저리그 역사에 단 한 번도 없었던 전무후무한 대기록의 주인공이 되었다는 점이다.

올 시즌 차지혁의 성적은 메이저리그 역대 최고 수준이라 불러도 과언이 아니다. 아니, 2027년 차지혁의 기록은 이미 전설이라 불러도 손색이 없는 수준이다.

26게임에 선발로 마운드에 올라 20승 무패(내셔널리그 다승 부문 공동 4위)를 기록했으며, 208이닝을 소화하는 동안 고작 21실점밖에 기록하지 않아 메이저리그 역대 최저 평균자책점(0.91)을 달성했다. 이전까지 메이저리그 역대 최저 평균자책점은 1968년 밥 깁슨의 1.12였으니 무려 59년만의 신기록이며, 현대 야구에 접어들면서 메이저리그 최초의 0점대 평균자책점 투수가 되었다. 여기에 탈삼진 328개를 잡아내며 이 부문 1위를 기록하기도 했다.

비록 다승왕은 차지하지 못했지만, 데뷔 신인 20승이라는 기록과 메이저리그 역사상 최초로 데뷔 시즌 퍼펙트게임과 연속 퍼펙트게임, 이후 3번째 퍼펙트게임까지 달성하며 총 9번의 완봉승을 거두었으니, 역대 그 어떤 메이저리그 투수보다 위대한 기록을 세웠다 자부할 만한 시즌이었다.

하지만 이런 엄청난 업적을 달성한 차지혁에게도 아쉬운 부

분이 있었다. 그건 바로 LA 다저스의 뿌리 깊은 저주를 차지혁
조차 벗어나지 못했다는…….

　―씨발, 내가 이럴 줄 알았다! 그러니까 절대 에레이 다
~져스랑은 계약하지 말라고 했잖아! NLCS에서 4, 5, 6
차전 연속으로 깨지면서 광탈 모드 들어가는 거 보다가 열
받아 죽는 줄 알았네!

　ㄴ격공! 좀비만 만났다 하면 다저스는 맨날 깨짐. 이건
차지혁이 3명으로 늘어나서 연속 3연승 해놓고 시작해도
불안할 정도라 할 말이 없음!

　ㄴ진심 눈물 나더라. 포시에서 완봉승하면 뭐함? 팀이
개판인데!

　ㄴ5차전에서 필 맥카프리가 5회에 무너지지만 않았어도
7차전에서 차지혁에게 희망을 걸어봤을 텐데.

　ㄴ5회에 더그레이 세인트에게 쓰리런 맞았을 때 진짜
욕이 절로 나오더라. 미친놈이 유인구 승부를 하려면 제대
로 하든가 왜 갑자기 정면 승부를 해서는 홈런을 쳐 맞은
건지. 차지혁이었으면 삼진으로 그냥 잡았을 텐데!

　―탈출만이 정답 아닐까요? 차지혁 이번 시즌 성적 보
면 다른 구단에서 이적 협상 무조건 들어올 것 같은데?

　ㄴ바이아웃 금액 1억 달러? 양키스에게는 껌값! 양키스

로 이적하자!

ㄴ양키스는 절대 안 감. 시즌 초반부터 뉴욕 쪽 언론이 차지혁 신나게 까던 거 잊었나? 차라리 보스턴을 가서 양키스 완전히 물 먹였으면 좋겠다.

ㄴ아메리칸리그로 가면 차지혁 홈런 못 보는 게 아쉽지 않을까요?

ㄴㅋㅋㅋ 타율이 1할 겨우 넘는 차지혁에게 타자는 노답인 듯. 그냥 공만 던지는 게 최고일 듯.

ㄴ아무리 투수라고 하지만 1할은 좀 심했지. 솔직히 차지혁 타석에 서면 그냥 아웃이구나 생각밖에 들지 않음.

ㄴ샌디에이고로 이적! 예전에 차지혁한테 4억 달러 배팅했다고 하던데, 이번에 샌디에이고 구단주 열 받아서 돈 풀기 시작하면 메이저리그 최초로 5억 달러 찍고 이적할지도 모름.

ㄴ5억 달러… 존나 내 수준에서는 어느 정도의 돈인지 가늠도 안 된다. 나도 야구나 할걸.

ㄴ너 같은 생각으로 야구 하는 놈들은 마이너리그에 많다. 돈 없어서 햄버거나 처먹다가 결국은 방출돼서 노가다 하더라.

─메이저리그에서 0점대 방어율이라니 진짜 차지혁은 인류 최강의 투수다!

—시즌 막판에 부상만 당하지 않았어도 25승, 탈삼진 400개 충분히 찍었을 텐데!

　ㄴ아무리 차지혁이라고 하더라도 그건 좀 아니다. 6경기 남았었는데 5승? 거기에 탈삼진 400개? 아무리 빨아 준다 해도 작작 좀 하자.

　ㄴ병신아, 아니긴 뭐가 아니야? 평균 13개 탈삼진 기록했으니까 통계적으로 충분히 400K 기록하고도 3개가 남는다!

　ㄴ윗님 생각에 나도 동감! 차지혁은 무엇을 상상하든 그 이상을 보여주는 투수라서 어쩌면 신인 최다승 타이기록 26승도 올렸을지 모릅니다.

　ㄴ이게 다 윌리 아다메스 그 망할 놈 때문입니다. 때려 죽여도 시원찮을 놈!

　ㄴ윌리 아다메스 암살단 모집합니다!

　—차지혁 언제 귀국하나요? 인천 공항에 꽃다발 들고 가고 싶은데…….

　ㄴ차지혁 귀국하는 날 공항뿐만 아니라 인천 전체가 마비된다. 그냥 집에서 TV로 박수나 쳐 줘.

　—시즌도 끝났는데 차지혁 예능에 얼굴 좀 안 보여주려나?

　ㄴ차지혁은 TV에 나와서 웃고 떠드는 스타일이 아니라

서 보기 힘들 겁니다.

ㄴ방송국에서 출연료 좀 대박으로 주면 또 모르지.

ㄴ출연료? 지나가는 개가 웃겠다. 차지혁 올 시즌 연봉
외에 부수입이 얼만지 못 봤냐? 다저스 유니폼 판매로만
차지혁한테 떨어지는 돈이 한화로 400억이 넘는다고 하더
라. 메이저리그 초상권 재벌이라 불리는 선수들도 가뿐하
게 즈려밟아 줬다. 여기에 광고랑 차지혁 유일한 스폰서이
자 사외 주주인 울의 개인 투자금까지 더하면 연봉은 그냥
취미 활동으로 벌어들이는 수익밖에 되지 않는다고 함.

ㄴ스포츠 재벌 사이에서도 넘사벽이겠네.

ㄴ된장녀들 환장하겠다.

ㄴ세계 최고의 여신이 버티고 있어서 헛된 희망 고문일
뿐 ㅋㅋ

*   *   *

결국 2027년의 야구가 끝났다.

가을 좀비, 세인트루이스 카디널스의 끈질긴 야구에 LA
다저스는 3차전까지 2승 1패라는 좋은 상황 속에서도 4, 5,
6차전을 연속으로 패배하며 챔피언십 시리즈를 마감하고
말았다.

이 정도면 정말 저주라 불러도 좋을 정도다.

매년 시즌이 시작되기 전 사전 조사에서 LA 다저스는 항상 우승 후보 중 한 팀으로 손에 꼽혀왔다. 그러나 LA 다저스는 1988년 이후 단 한 번도 월드 시리즈 우승을 해본 적이 없었다.

그나마도 준우승 한 번이 전부일 정도로 가을 야구에서만큼은 극도의 부진을 면치 못하고 있었다.

올해는 다를 거라 했다.

세인트루이스 카디널스와의 3차전에서 내가 완봉승을 거둘 때까지만 하더라도 대다수의 사람들은 LA 다저스의 월드 시리즈 진출을 예상했다.

하지만 결과는 참혹했다.

와일드카드를 손에 넣고 꾸역꾸역 내셔널리그 챔피언이 된 세인트루이스 카디널스는 월드 시리즈마저 제패하며 다시 한 번 가을 야구의 왕임을 증명했고, LA 다저스는 그 모습을 지켜봐야만 했다.

처음으로 느꼈다.

내가 아무리 좋은 공을 던지고 상대팀을 압도해도 단기전 시리즈 승부에서는 극히 작은 일부일 뿐이라는 사실을.

중학교 시절부터 한국 프로야구 무대에서까지 단 한 번도 우승을 놓쳐 본 적이 없기에 LA 다저스에서의 경험은 내게 새로운 충격이 되기에 충분했다.

차라리 타자였다면 매 경기 출장해서 조금이라도 팀의 승리에 보탬이 되었을 텐데.

투수라는 보직의 한계를 명확하게 느낄 수 있었다.

세인트루이스 카디널스의 우승을 지켜보며 우승 반지를 원한다면 절대 LA 다저스와는 계약을 하지 말라는 우스갯소리가 계속해서 머릿속에서 맴돌았다.

그런 마음을 먹으면 안 되는 줄 알면서도 무기력하게 3연패를 당한 동료 선수들에 대한 원망이 들기도 했다.

신인상, 사이영상, 시즌 MVP를 수상하고도 가슴 한구석이 뻥 뚫린 것 같은 기분이 들었고, 기자들과의 인터뷰에서도 우승하지 못한 것에 대한 질문이 나올 때면 괜히 짜증이 치밀어 올랐다.

시즌을 마감하는 선수단 파티에서는 즐거웠던 분위기가 갑작스럽게 변하기도 했다.

"병신들, 니들이 점수를 내지 못해서 결국은 카디널스에게 진 것 아냐!"

술이 잔뜩 취한 필 맥카프리의 외침이었다.

"그러는 너는? 더그레이 세인트에게 쓰리런을 맞은 게 결정적이었잖아!"

누군가의 반박에 필 맥카프리가 손에 들고 있던 샴페인

잔을 내던지며 분위기는 더욱더 험악해졌고, 기분 좋게 끝내야 할 파티는 결국 흐지부지 끝나고 말았다.

"너도 그렇게 생각해?"

"뭐?"

집으로 돌아가는 차 안에서 형수가 내게 넌지시 물어왔다.

"타자들이 점수를 내지 못해서 챔피언십 시리즈에서 졌다고 생각하나 싶어서."

"누가 잘하고 못하고가 어딨겠어? 다 똑같지."

대답을 그렇게 했지만, 솔직히 4차전과 6차전에서 1점, 2점 차이로 패배했던 걸 생각하면 타자들의 빈약했던 공격력이 무능력하게 느껴졌던 건 사실이다.

하지만 아무리 친한 친구라 하더라도 그런 속마음까지 굳이 말할 필요는 없다 여겼다.

어쨌든 형수는 투수가 아닌 타자였으니까.

그러나 내 대답이 부족했는지 아니면 형수 스스로 생각할 것이 있었던 건지, 우리는 집으로 돌아오는 내내 더 이상 대화를 나누지 않았고 그렇게 하루를 마감했다.

침대에 누워 잠을 자기 전, 내 기분을 알기라도 한 것처럼 한 통의 문자가 왔다.

2027년 시즌 너무 수고 많았어요.

세상 모든 사람들이 당신의 모습을 지켜보며 응원할 수 있었던 시즌이었어요.

신인상, 사이영상, MVP 모두 진심으로 축하하고, 쳑이 너무 자랑스러워요.

곁에서 함께 축하해 줘야 하는데 그러질 못해서 너무 미안해요.

다음에는 반드시 쳑의 곁에서 함께 웃고, 함께 즐거워하며 축하를 해줄게요.

사랑해요.

안젤라 쉴즈의 문자였다.

찝찝하고 개운하지 못했던 기분이 한순간 씻은 듯이 맑아졌다.

문자를 몇 번이나 읽으면서 그녀가 너무나도 보고 싶어졌다.

수십 분 동안이나 답장을 썼다, 지웠다를 반복하다 결국은 짤막하게 문자를 보냈다.

오늘은 무척이나 안젤라가 보고 싶네요.

＊　　　＊　　　＊

"가는 거야?"

내 물음에 양쪽 어깨에 큼지막한 가방을 짊어진 형수가 고개를 끄덕였다.

"말했잖아. 확실하게 주전 포수가 되기 전까지는 남들처럼 쉬지 않겠다고."

굳은 각오를 다진 형수였다.

1월 팀 훈련이 시작되기 전까지 형수는 부모님이 계신 한국이 아닌 야디어 몰리나가 있는 푸에르토리코의 카롤리나에 있는 야구 캠프에서 동계 훈련을 하기로 이미 모든 스케줄을 짜놓은 상태였다.

형수가 이렇게까지 훈련에 몰입하는 이유는 단 하나였다.

2028년 시즌 시작과 동시에 주전 포수 마스크를 쓰기 위함이다.

물론, 쉽지 않은 일이다.

토렌스의 타격 능력이 형수에 비해 떨어진다 하지만, 팀 전체를 이끌어 나가는 포수로서의 무게는 결코 가볍지 않았으니까.

실제로 개막전과 같은 중요한 경기에서 토렌스가 아닌 형수를 주전으로 기용할 확률은 결코 높지 않다.

이런 사실을 누구보다 형수 본인 스스로 더 잘 알고 있다.

그렇기에 쉴 수 없다고 했다.

"아버지, 어머니께는 대신 말 좀 잘해줘."

형수의 말에 나는 알겠다고 대답을 했고, 형수는 1월에 보자며 집을 나섰다.

휴식기.

야구 선수에게 황금과도 같은 휴식기가 찾아왔지만, 형수는 그걸 반납했다.

나는 내일 비행기를 타고 한국으로 가기로 예약을 해놓은 상태다.

우선 부모님이 너무 보고 싶었고, 1년 동안 떠나 있었던 집이 그립기도 했다.

당분간은 집에서 푹 쉬면서 개인 훈련만 할 생각이었다.

세계적인 기업과 한국 언론 등에서 무척이나 날 귀찮게 하려고 작정하고 있었지만, 그 문제는 황병익 대표가 모두 해결하겠다고 호언장담을 해놓은 상태였기에 걱정하지 않기로 했다.

나로서는 그저 언제나 그랬듯이 언론사와의 접촉은 최대

한으로 자제하며, 웬만한 일에는 무대응으로 나갈 생각이었다.

부모님께도 말을 하지 않고 깜짝 귀국을 하기로 했기에 괜히 벌써부터 마음이 들떴다.

갑작스런 내 모습을 보고 부모님과 지아가 얼마나 놀랄까?

그런 생각을 하며 간소하게 짐을 꾸릴 때였다.

초인종 소리가 울렸다.

"누구십니까?"

내 물음에 의외의 목소리가 들렸다.

"척, 나야."

"트라웃?"

놀랍게도 집까지 찾아온 사람은 마이크 트라웃이었다.

"어쩐 일이에요?"

문을 열어주자 트라웃은 혹시 방해가 됐냐며 미안하다는 말부터 했다. 사과를 받아야 할 정도로 방해가 될 만한 일이 아니었기에 손사래까지 치며 집으로 들였다.

간단하게 마실 만한 음료를 내주고 소파에 앉자 트라웃이 말을 꺼냈다.

"올 시즌 정말 멋진 활약을 해줘서 팀의 주장으로서 진심으로 고맙게 생각한다."

"트라웃을 비롯해 동료 선수들의 도움이 없었다면 불가능했을 겁니다. 무엇보다 선수단에 잘 적응할 수 있도록 트라웃이 여러 가지로 많은 신경을 써줬다는 것 잘 알고 있어요. 감사의 인사를 해야 한다면 마땅히 제가 먼저 해야 할 것 같네요."

내 말에 트라웃이 빙긋 웃었다.

"류도 그랬지만, 너희 한국 선수들은 항상 타인을 먼저 배려해 주고, 다른 어떤 놈들처럼 건방지지 않아서 좋아."

"트라웃도 마찬가지라고 생각해요."

"그랬던가? 하하하하."

웃음을 터뜨리는 트라웃의 얼굴엔 현재의 기분이 무척이나 좋다는 게 저절로 느껴졌다.

내 성적, 트라웃의 성적, 내가 상을 받은 것과 다른 동료들에 대한 이야기까지 쉬지 않고 잡담을 나누다 보니 어느새 30분이라는 시간이 훌쩍 지나가 있었다.

슬슬 트라웃이 날 찾아온 진짜 이유가 궁금해졌다.

"이런 대화를 나누기 위해서 일부러 여기까지 찾아왔을 리는 없고, 무슨 일 있나요?"

트라웃은 남아 있는 음료를 모두 마시고는 대답했다.

"알고 있는지 모르겠지만, 난 내년 시즌이 다저스와의 계약 마지막 시즌이야."

2023년 LA 다저스로 트레이드되어 온 트라웃이다.

어깨 연골 파열이라는 심각한 부상으로 2023년부터 2026년까지 무려 4년을 강제로 쉬어야만 했다. 올 시즌 재기에 성공했지만, 예전의 트라웃의 명성에 비하면 확실히 아쉬움이 큰 성적이었다.

0.332라는 통산 타율에 훨씬 미치지 못하는 0.287의 타율에 24개의 홈런만으로는 메이저리그 최고의 타자라는 타이틀을 가지고 있던 트라웃의 옛 모습을 찾아볼 수가 없었다.

더욱이 올 시즌 80% 이상 경기에 출장을 하면서 3,500만 달러의 거액을 연봉으로 챙겼으니 성적 대비 너무나도 막대한 돈을 받았다고 할 수 있었다.

솔직하게 다저스 구단 입장에서는 트라웃에게 주는 연봉이 아까울 수 있다.

그런데 1년이나 계약 기간이 더 남아 있고, 내년이면 트라웃의 나이가 37살이며, 연봉 역시 3,500만 달러에서 거의 차이가 없었다.

연봉에 맞는 성적이라면 최소한으로 40개 이상의 홈런을 날려주고, 120타점과 3할의 타율, 4할의 출루율은 가볍게 넘어야 한다.

전성기 시절의 트라웃이라면 불가능하거나 무리하다 부

를 성적이 아니다.

그러나 냉정하게 현재의 트라웃을 생각한다면?

'어렵겠지.'

부상에서 완전히 회복했다고 하지만 나이가 발목을 잡는다.

"구단에서 잡아준다면 어떤 계약이든 수용할 생각이지만, 구단 입장에서는 불편하겠지."

트라웃이 어떤 계약이든 수용하겠다 말하지만, 적정 수준이라는 게 있다.

LA 다저스로 트레이드되고 제대로 된 활약 한 번 해준 적 없다고 무턱대고 적은 돈을 제시한다?

트라웃뿐만 아니라 다저스 구단에도 이미지에 타격을 받게 된다.

당장 선수들의 머릿속에 다저스 구단에 대한 이미지가 나쁜 쪽으로 쌓일 수밖에 없다.

그러니 다저스로서도 트라웃과의 새로운 계약에 조심스럽게 접근할 수밖에 없다.

이런저런 계산을 해봤을 때, 당장 트라웃의 성적으로는 그의 적정 몸값을 제시하기란 쉽지 않은 일이다.

어설프게 트라웃과 계약을 하느니 차라리 아름답게 이별을 택하는 편이 다저스 입장에서는 훨씬 이득이라 할 수 있다.

트라웃 역시 이 점을 알기에 하는 말임이 분명했다.

"큰 변화가 없는 이상 내년 시즌이 내 야구 인생의 마지막이 될지도 모르지."

마지막.

이보다 더 가슴 먹먹한 단어가 또 있을까?

누구보다 화려하게 야구를 시작했고, 최고의 자리에 올라섰던 트라웃이지만 부상의 악령에게 발목이 잡혀 선수로서의 후반기를 통째로 날려 버렸다.

그리고 이제 마지막을 준비하려고 마음을 먹은 트라웃을 보니 마음이 무거워졌다.

나도 언젠가는 트라웃처럼 마지막 시즌을 준비할 때가 오겠지.

당장 생각만으로도 마음이 뻥 뚫리는 것만 같았다.

그렇다고 트라웃에게 위로를 건넨답시고 주절거릴 수도 없다.

이제 갓 메이저리그에 데뷔를 한 신인이 할 말은 아니었으니까.

"내 인생 마지막 시즌이 될지도 모르고, 설령 다른 구단에서 새로운 시즌을 시작하게 된다 하더라도 다저스 구단을 위해 내년만큼은 최고의 선물을 해주고 싶은 게 내 진심이다."

"최고의 선물이라면?"

"월드 시리즈 우승밖에 더 있겠어?"

대답을 하며 트라웃이 피식 웃었다.

"어떤 누가 지금 팀 분위기를 완전히 헤집어놔서 주장으로서 가만히 있을 수가 있어야지. 누굴 가장 먼저 찾아갈까 싶다가 제일 먼저 생각이 난 사람이 척, 너였어. 솔직히 말해서 챔피언십 시리즈에서 타자들이 조금만 더 집중력을 발휘해서 점수를 냈다면 결과가 달라지지 않았을까 싶더라. 그리고 아쉽기로 따지면 어느 누구보다 척, 네가 아닐까 싶기도 했고."

트라웃의 말에 나는 어색하게 웃기만 했다.

확실히 필 맥카프리로 인해 팀 분위기가 알게 모르게 가라앉은 건 사실이다.

투수조와 야수조 사이에 신경전이 생겼다고 해야 할까?

누군가는 대수롭지 않게 넘어 가겠지만, 누군가는 휴식기 내내 되새기겠지.

그 작은 차이가 내년 시즌 팀 케미스트리(chemistry)에 미묘한 균열을 가져올 수도 있다.

트라웃은 그 점을 염려해서 직접 선수들을 다독이고자 움직인 거다.

"영광이네요."

"무슨 소리지?"

"다른 누구도 아닌 절 가장 먼저 찾아와서 이렇게 말해주니까 제 입장에서는 영광스럽다고 할 수밖에요."

"당연한 거잖아. 척 년 우리 다저스의 슈퍼 에이스니까 이 정도의 대우는 당연한 거라고."

트라웃의 과장된 말투와 행동에 가볍게 웃음이 나왔다.

"저 다음은 누구죠?"

"생각 중이야. 그리핀을 찾아가려고 했는데 벌써 여행을 떠났다고 하더라고."

순서로 따지면 필 맥카프리가 먼저겠지만, 그는 이미 이번 겨울 이적을 확실하게 결정해 놓은 상태였다. 이적이 아니라 하더라도 필 맥카프리의 성격상 트라웃과의 대화를 순순히 받아들였을지는 솔직히 미지수였다.

때문에 나 역시 필 맥카프리보다 먼저 떠오른 선수가 있었다.

"시거에게 가야 하지 않을까요?"

코리 시거는 누가 뭐라고 하더라도 LA 다저스 야수조의 중심축이다.

트라웃이 주장이라고 하지만 실질적으로 선수단 전체를 놓고 봤을 때, 정신적 지주 역할을 하는 사람은 다저스의 프랜차이즈 스타인 코리 시거였으니까.

"지금쯤 시거도 바쁘게 움직이고 있을걸?"

"예?"

"야수들은 시거가 맡기로 했거든."

이건 트라웃 혼자 생각해서 독단적으로 행동하는 게 아니었다.

코리 시거와 트라웃의 합작이다.

야수들에게 지대한 영향력을 끼치는 코리 시거가 야수들을 다독이고, 투수들에게는 거부감이 없는 트라웃이 움직이는 거다.

정말 멋진 계획이다.

트라웃과는 한참을 더 이야기를 나눴다.

문 밖까지 트라웃을 배웅하자 그가 손을 내밀며 말했다.

"40년 동안 이어진 다저스의 저주를 우리 손으로 반드시 풀어내자."

트라웃이 내민 손을 맞잡으며 고개를 끄덕였다.

"물론이죠. 내년에는 반드시 월드 시리즈 우승 반지를 하나씩 가져가는 겁니다."

"한국에 잘 다녀오고. 1월에 보자고."

트라웃은 자신의 차를 타고 멀어져 갔다.

다저스 선수단 내에서 가장 영향력이 강한 트라웃과 시

거가 자발적으로 선수들을 방문하며 내년 시즌에 대한 희망을 퍼트리고 있다는 사실이 무척이나 고무적으로 보였고, 나 역시 나이가 들면 저렇게 행동할 수 있는 선수가 되어야 한다고 다짐했다.

Chapter 2

　한국에 도착해서 부모님을 만나니 내 예상대로 두 분 모두 무척이나 놀라면서도 그 여느 때보다도 날 반갑게 맞이해주셨다.

　"연락이라도 좀 줄 것이지!"

　어머니는 집에 마땅히 먹을 반찬이 없다며 이것저것 음식을 장만하려고 했지만, 식구들이 먹다 남은 김치찌개에 밥 두 공기를 맛있게 먹으니 그제야 집에 돌아온 기분을 느낄 수 있었다.

　"오빠?"

학교에서 돌아온 지아 역시 거실에서 TV를 보던 내 모습에 두 눈이 동그랗게 변해서는 깜짝 놀란 얼굴로 날 한참이나 쳐다봤다.

그러고는 무슨 그렇게 할 말이 많았던지 밤 12시가 훌쩍넘을 때까지 날 붙들고 수다를 떨다가 어머니에게 등짝을 맞고서야 제 방으로 도망을 갔다.

3일 정도를 푹 쉬고 나서야 언론에서 내가 입국해서 집에서 쉬고 있다는 사실을 알아차렸다.

수많은 기자들이 집으로 찾아와 귀찮게 굴었지만, 황병익 대표의 호언장담대로 순식간에 주변이 정리되어 편안하게 휴식을 취할 수 있었다.

어머니가 해주는 따뜻한 밥을 먹으며 최상호 코치와 함께 개인 훈련으로 하루하루를 보내고 있을 때였다.

훈련장으로 황병익 대표가 낯선 인물과 함께 들어섰다.

"반갑습니다. 메이저리그에서 한국인의 매운맛을 톡톡하게 보여주고 있는 차지혁 선수의 활약상은 항상 잘 지켜보고 있었습니다. 박형석이라고 합니다."

40대 초반으로 보이는 박형석이라는 낯선 남자의 악수를 받아들이며 황병익 대표를 슬쩍 바라봤다.

누구냐는 내 눈짓에 박형석이 재빠르게 눈치를 채고는

말했다.

"한국야구위원회 기술위원회 소속으로 있습니다."

한국야구위원회라면 간단하게 KBO다.

"무슨 일로 절 찾아오신 겁니까?"

황병익 대표가 아무나 데리고 왔을 리가 없고, 특별한 목적도 없이 나와의 만남을 주선했을 리가 없다는 걸 잘 알기에 박형석이 날 찾아온 이유가 궁금했다.

"하하하. 소문대로 성격이 시원시원하시군요. 뭐, 차지혁 선수께서 워낙 바쁘신 분이라는 걸 잘 알고 있으니 많은 시간을 뺏지는 않겠습니다. 하지만 이렇게 서서 대화를 나누기에는 좀 그렇습니다만?"

"훈련장이라서 장소가 마땅치 않습니다."

내 말에 박형석은 주변을 한 차례 둘러보고는 어쩔 수 없다는 듯 서서 이야기를 시작했다.

"차지혁 선수도 아시다시피 내년에 부산 올림픽이 있습니다. KBO 입장에서는 당연히 메이저리그에서 최고의 활약을 하고 있는 차지혁 선수를 올림픽 국가 대표팀 선수로 차출을 원하고 있습니다. 차지혁 선수도 잘 아시겠지만, 올림픽에서 금메달을 따면 군 면제가 됩니다."

2028년 부산 올림픽.

박형석의 말처럼 내게는 군 면제가 달려 있는 올림픽이

었다.

대한민국의 남자로서 마땅히 군대를 다녀와야 하겠지만, 운동선수에게 군대는 굉장히 치명적인 곳이다. 때문에 나 역시 할 수만 있다면 면제를 받고 싶었고, 그러기 위해서는 아시안게임과 올림픽이라는 특수 상황을 반드시 이용해야 만 했다.

"이번 부산 올림픽에서 한국 야구의 우수성을 다시 한 번 알리고자 차지혁 선수뿐만 아니라 메이저리그에서 활약하고 있는 다른 선수들도 대부분 차출을 요청할 생각입니다. 역대 가장 강한 국가 대표팀을 꾸릴 생각이니 차지혁 선수께서 반드시 차출에 응해주셨으면 합니다."

2008년 베이징 올림픽을 끝으로 야구가 정식 종목에서 사라졌다.

12년 만에 2020년 도쿄 올림픽에서 정식 종목으로 다시 부활했지만, 한국은 미국, 쿠바, 일본에 밀려 두 차례의 올림픽에서 단 한 번도 메달을 따지 못하고 있었다.

2008년 베이징 올림픽에서의 금메달은 무려 20년 전의 기억일 뿐이었다.

"국가 대표팀에 뽑아주신다면 최선을 다해서 경기에 임하겠습니다."

올림픽은 8월에 열린다.

공교롭게도 메이저리그 시즌 후반기가 시작되는 시기와 맞물린다.

구단과 팬들 입장에서는 환영하지 못할 일이지만, 올림픽의 경우 국가 대표팀에 차출이 되면 선수 본인이 거부하지 않는 이상 구단에서는 절대 거부할 수가 없다는 규정이 있었기에 부상처럼 특별한 경우가 아니라면 대표팀에 합류하는 건 어려운 일이 아니었다.

내 대답에 박형석은 그럴 줄 알았다는 듯 빙긋 웃었다.

"정식으로 국가 대표 차출에 대한 협조 공문은 5월 중으로 구단에 통보가 될 것입니다. 이번 올림픽이 다른 곳도 아닌 부산에서 개최되는 만큼 반드시 야구 대표팀의 금메달 소식을 꼭 들었으면 하는 바람입니다. 그러니 차지혁 선수께서도 그 전까지 절대 부상당하는 일은 없었으면 합니다."

"그러겠습니다. 혹시나 해서 묻는 겁니다만, 혹시 국가 대표에 장형수 선수도 생각하고 계십니까?"

"음… 이건 극비입니다만, 현재 KBO에서는 국내 선수들보다는 미국과 일본에서 활약하고 있는 해외파 선수들을 우선적으로 선별한 생각입니다. 아무래도 전력적으로 보강을 하기 위해서는 오로지 실력 위주의 차출이 우선시되어야 한다고 생각하고 있습니다. 말씀하신 장형수 선수 역시 당연히 차출 대상 중 한 명으로 거론되고 있습니다. 그러나 현재까지 확실하게 차출이 확정된 선수는 차지혁 선수 외엔 더 이상 없습니다."

박형석의 말에 최상호 코치와 황병익 대표가 당연하다는 듯 고개를 끄덕였다.

내 입장에서는 고마운 일이었지만, 다른 선수들이 이 사실을 알게 된다면 무척이나 기분이 나쁠 수도 있었기에 웬만해서는 가족들에게도 오늘 일은 말하지 않는 것이 나을 것 같았다.

2028년은 내게 무척이나 중요한 시즌이 될 것이 분명했다.

40년 동안 월드 시리즈 우승을 하지 못한 LA 다저스의 우승과 20년 만에 다시 한 번 올림픽에서 금메달을 노리는 한국 대표팀과 군대 면제라는 개인의 욕심을 위해서라도 최선을 다해 공을 던져야 했다.

*　　*　　*

12월의 날짜는 누군가 허겁지겁 지워 버리기라도 하듯 하루하루가 빠르게 삭제되어 갔다.

집에서 편안하게 휴식을 가지면서 개인 훈련을 했고, 주

말이면 가족과 함께 맛있는 것도 먹고, 인근 지역을 구경하러 다녔다.

가는 곳마다 사람들이 알아봐서 번거롭고 귀찮은 일이 지속되긴 했지만, 모두 나를 응원해 주는 팬들이었기에 최대한 웃는 얼굴로 사인을 해주고 사진도 찍으며 팬 서비스에 최선을 다했다.

황금 같은 휴식기를 즐기고 있는 나와 다르게 다저스 구단은 무척이나 바쁘게 움직였다.

우선 다저스 선수뿐만 아니라 언론에서도 예상했던 것처럼 필 맥카프리가 이적을 했다.

디트로이트 타이거스로 필 맥카프리가 이적해 떠나면서 본격적으로 다저스 선발진에 엄청난 공백이 생기고 말았다.

여기에 2027년 5선발로 뛰었던 앤디 클레먼트가 마이애미 말린스로의 깜짝 이적을 선언했다.

다저스에서 공을 들여 키운 특급 유망주이자 선발진의 한 자리를 차지하고 있던 그의 이적은 이미 예견되어 있던 필 맥카프리의 이적과는 비교도 할 수 없을 정도의 충격적인 사건이었다.

마지막으로 주전 2루수로 활약을 해오고 있던 웨인 스테인마저 시카고 컵스로 이적하면서 다저스의 맥브라이드 단장의 머리를 아프게 만들었다.

그 외에 불펜과 백업 선수들 중 일부도 다저스를 떠나 새로운 유니폼을 입었다.

하지만 떠난 선수들만 있진 않았다.

우선 작년까지 클리블랜드 인디언스에서 활약했던 선발 투수 존 로더키가 새로운 이적생 신분으로 다저스 유니폼을 입게 됐다.

2028년 기준 29살이 되는 존 로더키는 메이저리그 8년 차의 베테랑 투수이자 통산 94승을 올린 뛰어난 선발 투수로 매년 두 자리 승수는 책임을 질 줄 아는 든든한 자원이었다.

하지만 필 맥카프리의 공백을 채우기에는 확실히 부족한 감이 있었다.

그 외에도 현재 다저스에서는 쿠엘루 크롬버, 맥스 그레이, 딜런 아담스와 같은 특급 선발 투수들의 이적에 꽤 공을 들이고 있었다.

위에 언급한 세 명의 투수 모두 매년 13승에서 15승까지는 충분히 책임을 질 수 있는 선발 자원으로, 한 명만 이적시켜 와도 필 맥카프리의 빈자리를 어느 정도 상쇄시키기에 충분하단 평가를 받았다.

투수 쪽을 제외한 타자 쪽에서는 놀랍게도 2027년 아메리칸리그 신인상을 받은 마이크 테일러의 이적을 노리고 있다는 소문이 나왔다.

나와 함께 가장 뜨거운 감자 중 한 명이 바로 마이크 테일러다.

나 같은 경우에는 1억 달러를 이적료로 제시하면 얼마든지 선수와 직접적으로 이적 협상이 가능했지만, 마이크 테일러의 경우에는 토론토 블루제이스와의 계약 내용 중 바이아웃 조항을 삽입하지 않았기에 구단의 허락이 존재하지 않는 이상 절대 이적 협상 자체를 벌일 수가 없었다.

소문에 따르면 토론토 블루제이스에서는 절대 마이크 테일러를 이적시키지 않을 거라고 주장하고 있지만, 수많은 언론에서는 순수 이적료로 최고 수준인 1억 달러면 토론토도 물러나지 않을 수 없다고 예상하고 있었다.

이적료로 1억 달러를 써가면서 마이크 테일러를 영입하려는 메이저리그 구단은 당장 다섯 손가락을 넘어갈 정도로 많았다. 그중 가장 적극적인 구단이 뉴욕 양키스와 텍사스 레인저스, 워싱턴 내셔널스, 샌디에이고 파드리스, 콜로라도 로키스 등이었는데, 맥브라이드 단장이 그 대열에 합류를 했다는 소식이 언론을 통해 새어 나왔다.

마이크 테일러라는 걸출한 슈퍼 신인을 영입만 해온다면 당장 다저스의 타선이 무척이나 강력해지는 건 사실이다.

던컨 카레라스-마이크 트라웃-마이크 테일러-코리 시거-장형수로 이어지는 타선은 생각만 해도 막강했다.

물론, 형수가 시즌 막판과 포트스 시즌에 보여줬던 화력을 유지하는 전제였다.

부상으로 시즌 중반에나 복귀가 가능한 미치 네이까지 제 몫을 해준다면 다저스 타선은 양대 리그 최강이라 불러도 전혀 손색이 없을 것 같았다.

그러나 개인적으로 마이크 테일러가 나와 한솥밥을 먹게 될 가능성은 그리 높지 않아 보였다. 우선 이적 협상 자체가 굉장히 힘들어 보였고, 마이크 테일러 스스로도 한 언론과의 인터뷰에서 내셔널리그보다는 아메리칸리그를 더욱 선호한다고 말했었기 때문이다.

여기에 갑작스럽게 주전 2루수 웨인 스테인까지 이적해 버리면서 당장 주전으로 기용할 수 있는 2루수를 영입해야 했으니 맥브라이드 단장으로서도 우선순위를 변경할 수밖에 없음이 분명했다.

마지막으로 나 역시 하루도 쉬질 않고 언론에서 이적에 대한 기사가 끊이질 않았다.

명확한 1억 달러의 바이아웃 금액.

확실히 토론토 블루제이스에서 이적료를 무한으로 튕길 수 있는 마이크 테일러보다 이적 협상이 손쉬운 상대인 건 사실이다.

거기에 아무리 넘쳐도 부족하다 여겨지는 최정상급의 선발 투수였으니 메이저리그 구단이라면 누구나 군침을 흘릴 만했다.

그러나 정작 당사자인 나는 LA 다저스를 떠날 생각이 손톱만큼도 없었다.

이미 황병익 대표가 언론을 통해 이적은 없을 것이라고 확실하게 밝혔음에도 불구하고 몇몇 구단들은 끈질기게 이적 협상을 제시하고 있는 상황이었다.

그렇게 12월이 지났고, 2028년 1월이 됐다.

"새해 복 많이 받고, 올 시즌에는 부상 없이 건강하게 야구하길 바란다."

작년부터 우리 집은 구정이 아닌 신정을 설 명절로 지내기 시작했다.

미국에서 스프링 캠프를 치러야 하기 때문에 어쩔 수 없이 내가 집에 머물 수 있는 신정이 가족 모두가 함께 보낼 수 있는 설 명절이었다.

명절이라고 하더라도 딱히 차례를 지내지는 않았기에 아침 일찍 일어나 옷을 차려입고 부모님께 세배를 하는 것이 전부였다.

부모님 모두 형제나 자매는 없었고, 양가 친척들이 있기는 했지만 어렸을 때부터 왕래가 거의 없었기에 지금도 여전히 연락은 하질 않고 있었다.

지아의 말에 따르면 내가 야구 선수로 성공하고 나서 친척들의 전화나 방문이 잦아졌다고 했지만, 아버지나 어머니 모두 그런 속보이는 친척들의 행동에 속아 넘어갈 분들이 아니라서 이제는 몇몇 끈질긴 친척들을 제외하면 대부분 예전처럼 연락 없이 지내는 중이라고 했다.

따뜻한 떡국을 깨끗하게 한 그릇 비우고 나서 가족 모두 미리 싸놓은 짐을 들고 집을 나왔다.

4박 5일 일정으로 차를 타고 강원도 일대를 여행하기로 했기 때문이다.

"이게 연예인들이 타고 다니는 밴이라 이거지? 진짜 좋다~!"

가족 여행을 간다는 말에 황병익 대표가 최고급 밴을 집으로 보내줬다.

처음에는 운전기사도 보내주려고 했지만, 아버지가 가족 여행에 다른 사람이 끼어서 좋을 게 없다며 직접 운전대를 잡고 여행을 시작했다.

"역시 좋은 차가 운전하기도 편하구나."

"한 대 사드릴까요?"

내 말에 지아는 좋다고 방방 뛰었지만, 아버지가 정색을 하며 고개를 저었다.

"기름 한 방울 나지도 않는 나라에서 이렇게 기름 많이 잡아먹는 차를 타고 다녀서야 되겠냐? 지금 있는 차도 충분히 좋으니까 괜한 생각하지 마라."

바쁠 것 없었기에 여유롭게 도로를 달렸다.

뚜렷한 목적지가 있는 게 아니었기에 국도를 타고 느긋하게 이동하다 경치가 좋은 곳이 있으면 잠시 멈춰 서서 구경을 했고 눈에 보이는 식당에 들어가 밥을 먹었다.

그 유명한 7번 국도를 따라 바닷가를 감상했고 싱싱한 회도 실컷 먹으며 태어나서 가장 화려한 휴가를 즐겼다.

"오빠, 운동 쉬어도 괜찮아? 야구 로봇이 훈련을 안 하니까 괜히 지켜보는 내가 더 이상하고 그러네."

지아의 말에 아버지도 그렇고 어머니도 날 힐끔 바라봤다.

야구를 시작하고 처음으로 완전히 운동을 쉬고 있었기에 솔직히 몸이 어색하기도 했고, 뭔가 불안한 기분도 들었다. 그렇다고 가족들 모두 만족해하고 있는 여행을 나 한 사람 때문에 망칠 순 없었다.

"괜찮아. 최상호 코치님도 이렇게 한 번씩은 완전한 휴식이 필요하다고 하셨으니까."

"하긴, 십수 년을 훈련만 해온 몸인데 고작 며칠 쉰다고 뭐 어떻게 되겠어?"

몸이 딱딱하게 굳어가는 것만 같은 기분을 억지로 참으며 하루하루를 보냈다.

그리고 여행의 마지막 날 밤, 도저히 견디지 못하고 조용히 펜션에서 빠져나와 주변을 뛰어다녔다.

차가운 밤공기를 잔뜩 들이켜며 있는 힘을 다해 달리니 그제야 숨이 턱까지 차오르며 온몸의 세포 하나하나가 살아나는 기분이 들었다.

땀을 흠뻑 흘릴 정도로 뛰고 나서야 펜션으로 돌아오니 문 앞에서 아버지가 날 기다리고 있었다.

"뛰었나 보구나."

"잠이 안와서 좀 뛰었어요."

"좀이 쑤셔서 못 견디겠지?"

"……."

아버지는 빙긋 웃고는 점퍼 주머니에서 이온음료 하나를 꺼내 건네줬다.

"고맙습니다."

갈증을 해소하고 나니 기분이 더욱더 상쾌했다.

"많은 걸 해주지도 못했는데 남들보다 열심히 운동하는 널 보면서 얼마나 고마운지 모른다. 엄마도 그렇고 나도 그렇고 항상 하는 말이 아들 하나는 정말 잘 낳았다고 한다.
혼자 미국에서 그렇게 열심히 운동하는 걸 보면서 아버지
로서 얼마나 뿌듯하고 네가 대견스러운지 넌 잘 모를 거
다."

아버지의 뜬금없는 고백이었다.

"지혁아."

"네."

"지금처럼만 몸 건강하게 부상 없이 운동해 줬으면 좋겠
다. 다른 사람들 시선에 휘둘려서 힘든 야구만 하지 말아
라. 네가 정말 즐기고, 행복한 야구를 하면 된다. 우리 가족
은 무슨 일이 있어도 항상 널 믿고 응원하고 있으니까 그것
만 기억하고 있어주면 좋겠다."

"네. 아버지."

내가 최고의 선수가 되어서 부모님은 기쁜 게 아니다.

건강하게 부상 없이 내가 원하는 야구를 할 수 있는 모습
을 지켜보며 응원할 수 있다는 게 진심으로 기쁘신 거다.

"감기 걸리면 큰일이니 들어가자."

아버지의 손에 이끌려 펜션으로 들어갔고, 따뜻한 물에
샤워를 하고 그 여느 때보다도 푹 잠을 잘 수 있었다.

*　　　*　　　*

여행을 마치고 집으로 돌아와 며칠을 더 가족과 함께 보내고 나서야 다시 미국행 비행기를 탔다.

스프링 캠프까지는 아직 많은 날이 남아 있었지만, 제대로 몸을 만들어야 할 시기가 되었기에 서두른 감이 없잖아 있었지만, 거기엔 한국에 계속 있으면 나태해질 것 같았기 때문이다.

때마침 형수도 미국으로 돌아온다고 했기에 함께 훈련을 하기로 했다.

미국에 돌아오니 생각보다 집이 깔끔하게 정리가 잘되어 있었다.

나와 형수가 미국을 떠나 있는 사이 유급 휴가를 받은 주혜영이었지만, 일주일 간격으로 한 번씩 집에 들러 깨끗하게 청소를 해놨던 거였다.

"가족 분들과는 즐거운 시간 많이 보냈나요?"

"예. 지금까지 가장 즐거운 휴가였던 것 같아요. 혜영 누님도 소은이하고 휴가 잘 보내셨죠?"

"덕분에 소은이가 그렇게 바라던 디즈니랜드에도 가고 처음으로 제대로 된 엄마 노릇을 할 수 있었어요. 정말 고마워요."

주혜영은 진심으로 나와 형수에게 고마워하고 있었다.

우리 집에서 가정부 일을 하면서 다른 곳과는 비교도 할 수 없을 정도로 많은 돈을 받고 있었고, 때때로 보너스까지 챙겨주고 있었기에 주혜영은 이전처럼 다른 아르바이트까지 할 필요가 없었다.

이번에도 나와 형수가 따로 휴가비까지 제법 챙겨줬는데, 얼마나 고마워하던지 처음으로 눈물까지 보이며 감사하다고 했을 정도였다.

형수가 돌아오기 전까지는 피칭 훈련은 하지 않고 체력 훈련에만 집중했다.

원래 투수의 훈련은 70~80퍼센트가 체력 훈련이었기에 며칠 피칭 훈련을 하지 않는다고 큰 문제가 생길 일은 없었다.

한국에서도 나름 열심히 훈련을 했다 생각했지만 실제로 미국에서 제대로 훈련을 시작하니 몸의 피로도가 빠른 속도로 쌓이며 그동안의 훈련량이 부족했다는 걸 절감할 수 있었다.

하루 종일 훈련으로 시간을 보내고 나니 얼굴이 시커멓게 변한 형수가 돌아왔다.

퍼엉!

"그래! 바로 이거야! 내가 이런 공을 얼마나 받아보고 싶었다고!"

과장스러운 형수의 말에 피식 웃음이 나왔다.

웃음 뒤로는 확실하게 변한 형수의 미트질과 포구 자세에 녀석이 얼마나 열심히 훈련을 받았는지 충분히 알 수 있었다.

남들이 보기에는 미묘한 변화일지 모르나 투수인 나에게는 확실하게 느껴졌다.

안정된 느낌이라고 해야 할까?

이전까지의 형수는 체격에 비해 다소 가볍다는 느낌이 강했다.

반대로 말하면 포수로서의 무게감과 여유가 없었다.

그런데 지금은 무언가 달라져 있었다.

이런 형수의 변화는 같은 포수나 투수들이라면 분명 알아차릴 거다. 더불어 배터리 코치와 투수 코치들 역시도 형수의 실력이 향상되었음을 느끼고 그 사실을 게레로 감독에게 전할 거다.

물론, 그렇다고 개막전에 선발 포수로 출전하는 일은 쉽지 않다.

하지만 스프링 캠프 훈련과 시범 경기를 통해 자신의 존재감을 더욱더 부각시킬 것이고, 토렌스가 조금이라도 부진하다 싶으면 주저하지 않고 형수를 선발 라인업에 넣을 것이 분명했다.

형수가 돌아오고 아침부터 밤까지 함께 훈련을 했다.

푸에르토리코에서 쉬지 않고 훈련만 했음에도 형수는 군소리 없이 또다시 LA에서 땀을 흘렸다.

나와 형수가 제법 강도 높은 훈련을 받으면서 덩달아 바빠진 사람이 주혜영이었다.

시즌 중에는 그래도 원정 경기도 있었고 한 끼 정도는 구단에서 해결해 왔었는데, 이젠 집에서 훈련만 하니 삼시세끼는 물론 중간중간 간식까지 만들어야 했기에 주방에서 쉴 틈이 없었다.

덕분에 나와 형수는 고된 훈련을 소화하면서도 체력적으로 큰 문제가 생기지 않았다.

"역시 누님 밥이 최고! 내가 이런 밥을 얼마나 먹고 싶었는지!"

이것저것 다 잘 먹는 형수라고 하더라도 푸에르코리코에서 한식이 얼마나 그리웠을지는 굳이 말하지 않아도 알 것 같았다.

"그런데 안젤라는 이제 슬슬 영화 촬영 끝나가지 않냐?"

"일주일 후에 안젤라 분량은 모두 끝나고 이제 완전히 돌아온다고 했어."

"LA로 오는 거야?"

"아마도."

"집 비워줄까?"

형수의 말에 빈 그릇을 치우던 주혜영이 작게 웃었다.

내가 형수를 바라보며 가볍게 인상을 쓰자 애인끼리 오랜만에 만나는데 뭘 부끄러워하냐며, 여긴 미국이라 어느 누구도 너희를 비난하지 않는다는 말도 안 되는 소리를 떠들어대며 날 곤란하게 만들었다.

"3일밖에 시간이 없잖아? 애리조나로 스프링 캠프를 떠나야 하는데 그 전까지 화끈하게 보내야 하지 않겠어?"

"시끄러."

"너 설마 아직도냐?"

"…미친놈."

더 이상 듣고 있을 수가 없어 황급히 자리를 떴고, 그런 날 향해 형수가 혀를 차는 소리가 명확하게 들렸다. 이윽고 주혜영에게 나에 대해 뭐라고 떠드는 소리가 들렸지만, 무시하고는 훈련장으로 향했다.

팡! 팡! 팡!

쉐도우 피칭을 하고 있을 때였다.

훈련장으로 형수가 들어오며 말했다.

"방금 연락받았는데, 딜런 아담스하고 데니스 플린 이적 협상에 합의했다고 하네."

휴스턴 애스트로스의 에이스나 다름없는 딜런 아담스라면 정말 대박이라 불러도 좋았다.

존 로더키와 함께 딜런 아담스의 영입은 분명 LA 다저스 선발진에 엄청난 힘을 싣기에 충분했다.

"이걸로 1, 2, 3선발은 확실하게 정해졌네."

형수의 말대로 나, 딜런 아담스, 존 로더키로 이어지는 세 명의 선발 투수는 분명 어디 내놔도 빠지지 않았다. 여기에 포스터 그리핀과 나단 코스코까지 제 역할을 해준다면 선발 투수들만으로도 충분히 60~70승까지도 바라볼 수 있었다.

이정도면 충분히 막강 선발진이라 불러도 좋았다.

"딜런 아담스야 워낙 이적설에 휩싸였으니까 놀랍지는 않지만, 데니스 플린은 좀 의외네? 필라델피아 필리스에서 순순히 놔주지 않았을 텐데."

필라델피아 필리스의 주전 2루수인 데니스 플린은 수비에 있어서는 평균 수준으로밖에 볼 수 없지만, 공격력만큼은 확실히 손에 꼽힐 정도로 뛰어났다.

특히 파워가 좋았기에 매년 20개 이상의 홈런을 칠 수 있는 타자였고, 실제로도 작년 시즌에도 23개의 홈런과 3할의 타율을 기록하며 내셔널리그 2루수 부문 실버슬러거에 올랐다.

"필리스에서 데니스 플린을 풀어준 이유가 있지."

"이유라니?"

내가 궁금해서 물으니 형수가 모르냐는 듯 대답했다.

"필리스에는 토비 바슨이 있잖아."

"아! 토비 바슨."

2024년 신인 드래프트 1라운드에서 필라델피아 필리스
는 크게 주목받지 못했던 작은 키의 내야수를 지명하면서
모든 구단을 놀라게 했다.

그게 바로 토비 바슨이다.

170㎝가 되지 않는 작은 키의 토비 바슨은 미국 태생으
로 고교 시절에도 딱히 주목을 받지 못했다. 유일하게 인정
을 받는 부분이라면 빠른 몸놀림뿐이었기에 무엇 때문에
필라델피아 필리스에서 토비 바슨을 1라운드에 지명했는지
이해할 수가 없었다.

어떤 가능성을 봤는지는 모른다.

중요한 건 이듬해 토비 바슨은 싱글A에서 최고의 활약을
펼쳤고, 매년 상위 레벨의 리그로 올라갈 때마다 손에 꼽히
는 성적으로 초특급 내야수 유망주로 이름을 날리기 시작
했다는 사실이다.

"결과적으로 이제 토비 바슨을 빅리그로 콜업하기 위해

서 데니스 플린을 처분한 것일지도 모르지."

충분히 가능성 있는 말이었다.

데니스 플린의 나이를 봤을 때, 더 이상의 기량 발전은 기대할 수 없었지만, 토비 바슨의 경우 어느 정도의 선수가 될지 알 수가 없었으니까.

'어쩌면 더스틴 페드로이아처럼 리그 최정상급의 2루수가 될지도 모르지.'

그런 기대감이라면 데니스 플린을 이적시키는 일에 필리스의 단장이 충분히 동의했을 것 같았다.

"구단 입장에서는 분명 공격력이 크게 강화될 테니까 데니스 플린의 영입을 기뻐하겠지만, 투수인 네 입장에서는 솔직히 좀 그렇겠다?"

"어쩔 수 없잖아. 감안해야지."

"그렇기는 하지만……."

형수가 말끝을 흐리며 쓰게 웃었다.

작년에 데니스 플린이 수비 실책으로 날려먹은 게임 수가 10게임 가까이 된다. 물론 역전 홈런이나 안타를 터뜨리며 팀을 승리로 이끈 게임도 많다. 하지만 투수에게 수비 실책은 비자책이라 하더라도 승패와 관련이 깊었기에 모든 투수들은 당연히 수비 실력이 뛰어난 수비수들을 선호하게 마련이다.

더욱이 실책으로 주자를 루상에 두느냐, 두지 않느냐는 마운드에서 공을 던지는 투수에게 정말 중요한 문제였다.

데니스 플린이 아무리 안타를 많이 치고 홈런으로 점수를 내준다 하더라도, 수비 실책으로 실점을 하게 만들고 루상에 주자를 쌓으며 투구수를 늘린다면 투수 입장에서는 정말 짜증이 날 수밖에 없어진다.

"어쨌든 데니스 플린처럼 막강한 타자가 타선에 힘을 싣는다면 팀 승리에 더욱더 큰 영향을 끼칠 테니까 좋게 생각해야지."

내 말에 형수가 그건 그렇다며 고개를 끄덕였다.

일주일이 흐르고, 안젤라가 LA에 왔다.

"척!"

안젤라가 품에 안겨오니 향긋하면서도 달콤한 기분 좋은 냄새가 콧속으로 밀려 들어왔다.

6개월간의 영화 촬영을 끝내고 안젤라가 돌아왔다.

안젤라는 여전히 아름다웠다. 남들이 말하는 꿈에서나 나올 법한 꿈속의 여신처럼 아름다움을 뽐내고 있었다.

"살이 약간 빠진 것 같네요?"

내 말에 안젤라가 생각보다 영화 촬영이 힘들었다며 다시는 영화 촬영을 못 할 것 같다고 내게 하소연을 했다. 물론, 진심일 리가 없었다.

영화 촬영을 하는 내내 전화를 할 때마다 무척이나 즐겁고 유쾌했던 그녀의 음성을 떠올리면 그녀는 이번 영화 촬영으로 또 다른 삶의 즐거움을 얻은 것 같았으니까.

고급 레스토랑에서 오붓하게 저녁을 먹고 집으로 들어가니 어처구니없게도 형수가 진짜 집을 나가 버렸다.

좋은 시간 보내라.

쪽지까지 남겨둔 형수의 행동에 피식 웃음이 나왔고, 무슨 일이냐며 묻는 안젤라에게 상황을 설명해 주니 그녀 역시 소리까지 내며 웃었다.

결과적으로 그날 밤, 나와 안젤라는 같은 침대에서 함께 잠을 잤다.

하지만 형수가 생각하는 그런 밤은 아니었다.

다만, 이전보다 훨씬 진한 키스와 스킨십은 있었다.

"정말 그게 다야? 거짓말이지? 너 설마… 고자냐?"

그날 처음으로 생각했다.

내가 들고 있는 이 야구공에 맞고도 사람이 죽지 않을 확률은 얼마나 될까?

형수에게 실험을 해보고 싶었다.

Chapter 3

안젤라와 3일간의 달콤했던 데이트를 마치고 애리조나
로 향했다.

2028년 시즌을 본격적으로 준비하는 스프링 캠프의 시작
이었다.

"딜런 아담스네. 자네와 한 팀이 되어 굉장히 기쁘게 생
각하고 있네."

30살의 딜런 아담스는 깔끔한 인상에 걸맞는 매너를 갖
고 있었다.

마운드에서도 그렇고, 야구장 밖에서도 신사로 불린다고

하더니 나와의 첫 만남에서도 무척이나 호감 있는 모습을 보여줬다.

반대로 존 로더키는 굉장히 활기차고 재밌는 성격을 가지고 있었다.

"메이저리그 역대 최고의 루키! 네 활약은 정말 잘 봤어! 어떻게 그런 멋진 투구를 할 수 있는 거야? 네 경기 영상들을 보면 내셔널리그 타자들이 불쌍해서 봐줄 수가 없더라고. 하하하! 솔직히 말해서 내가 LA로 온 이유는 바로 척 너와 상대로 만나지 않을 수 있어서였어. 솔직히 말해서 난 네가 너무 무섭거든. 하하하하!"

마지막으로 데니스 플린은.

"지금까지 그 어떤 메이저리그 선수도 너와 같은 루키 시즌을 보내진 않았다. 그렇게 강렬한 루키 시즌을 보냈기에 네겐 더욱더 가혹한 2년 차 징크스가 시작될 거야. 기대가 되는군, 과연 네가 2년 차 징크스를 어떻게 버텨낼지. 아! 마지막으로 당부 하나 하지. 괜히 2년 차 징크스를 피하겠다고 무리하진 말라고. 특히 투수는 무리를 하는 순간 선수 생명이 끝난다는 것만 기억해. 내가 그런 멍청이들을 꽤 자주 봐서 말이야. 어차피 올 시즌은 네게 가혹한 시즌이 될 수밖에 없으니 순순히 받아들이라고."

재수 없었다.

같은 말을 하더라도 조금 더 순화할 수도 있는 걸 데니스 플린은 거침이 없었다.

오히려 내게 닥칠 2년 차 징크스를 무척이나 기대하고 있다는 걸 숨기지 않았다.

거기에 조언이랍시고 어쭙잖은 말까지 해대니 첫 인상부터 마음에 들지 않을 수밖에 없었다.

2년 차 징크스.

재수는 없었지만 데니스 플린의 말은 딱히 틀린 구석이 없다.

수많은 언론과 전문가는 물론 팬들까지도 나를 주목하고 있었다.

데뷔 시즌을 화려하다 못해 일부 팬들의 말처럼 전설적으로 보내 버렸기에 당연히 2년 차에 접어든 내 성적에 대한 비교가 클 수밖에 없었다.

보통 화려한 데뷔 시즌을 보낸 신인 선수들일수록 2년 차 징크스가 커지게 마련이다.

2년 차 징크스라는 소리를 듣지 않으려면 최소한 15승 이상, 1점 혹은 2점 초반의 평균자책점을 기록해야만 한다. 물론 이것만으로도 2년 차 징크스라고 말하는 사람들이 있겠지만, 이 정도의 성적만 기록해도 메이저리그 평균을 훨씬 상회하니 충분히 제몫을 해냈다고 할 수는 있었다.

'문제는 내가 절대 만족할 수 없다는 거지.'

내가 목표로 하고 있는 2028년 시즌 성적은 20승 이상, 1점 대 초중반의 평균자책점이다.

탈삼진은 300개만 넘어도 충분히 만족하고, 이닝은 작년보다 조금만 더 많은 210이닝만 소화해도 충분히 내 몫을 했다고 자부할 수 있을 것 같았다. 작년 성적보다는 확실히 떨어지는 수치였지만, 올 시즌 올림픽 대표팀에 차출되어 한 달 가까이 쉬어야 하니 이 목표치만 하더라도 결코 쉽지 않은 일이었다.

무엇보다 올 시즌 나를 향한 견제들을 생각하면 작년보다 훨씬 더 힘겨운 시즌이 될 가능성이 컸다.

하지만 힘들지 않은 시즌이 과연 있기나 할까?

언제나 힘들긴 마찬가지일 거다.

구슬땀을 흘려가며 훈련을 소화하다 보니 어느덧 시범 경기 일정이 잡혔다.

"시범 경기 첫 상대로 캔자스시티 로열스면 딱 좋네. 이번 스토브리그에서 이렇다 할 거물급 선수들은 영입도 못하고 오히려 좋은 선수들만 왕창 뺏겼잖아? 올 시즌 캔자스시티의 성적을 기대하는 팬들이 있을지 모르겠네."

형수의 말대로 캔자스시티 로열스는 2028년 시즌이 무척이나 위태로웠다.

핵심 선수들이 무더기로 이적을 했고, 그렇게 빠져 버린 공백을 제대로 채우지도 못했다.

전문가와 팬 모두 올 시즌 아메리칸리그 중부 지구의 꼴찌는 캔자스시티 로열스라고 입을 모아 말을 할 정도였다.

미안한 말이지만, 2028년을 시작하는 첫 번째 상대로 캔자스시티 로열스는 확실히 너무나도 달콤한 사냥감이었다.

* * *

《슈퍼 에이스 차지혁! 시범 경기 최종 점검 끝!》

2027년 메이저리그 데뷔와 동시에 최고의 선수로 우뚝 올라섰던 LA 다저스의 슈퍼 에이스 차지혁은 2028년 5번의 시범 경기 동안 큰 기복 없는 안정적인 피칭으로 2년 차 징크스에 대한 주변의 우려를 말끔하게 종식시켰다.

캔자스시티 로열스와의 첫 번째 시범 경기에서 차지혁은 3이닝 무실점으로 7개의 탈삼진을 기록하며 메이저리그 데뷔 2년 차임에도 불구하고 팀의 에이스로서의 면모를 유감없이 보여주었다. 이어진 애리조나 다이아몬드백스와의 두 번째 시범 경기에서는 3이닝 동안 단 1개의 피안타만을 기록하며 5개의 탈삼진을 잡아내며 무실점 호투를 이어나갔다.

밀워키 브루어스와의 세 번째 시범 경기에서는 아쉽게도 4

이닝 동안 2실점을 하고 말았다. 이번 스토브리그를 통해 새롭게 LA 다저스 유니폼을 입게 된 2루수 데니스 플린의 실책에 이은 실투로 인한 투런 홈런을 허용한 것이 실점의 이유였다.

그러나 시카고 화이트삭스와 오클랜드 애슬레틱스로 이어진 네 번째와 다섯 번째 시범 경기에서 차지혁은 각각 4이닝, 5이닝 무실점 호투를 보이며 그 어떤 투수보다 완벽한 시범 경기를 마치며 최종 점검을 끝냈다. 데뷔 시즌이 화려할수록 우려가 높을 수밖에 없는 2년 차 징크스도 슈퍼 에이스 차지혁에게는 아무런 문제가 되지 않음을……

《차지혁 2년 연속 LA 다저스 개막전 선발 투수로 낙점!》

《게레로 감독 올 시즌 월드 시리즈 우승에 강한 기대감을 드러내며 그 여느 때보다 LA 다저스는 강하다고 발언!》

《美 배팅업체, 월드 시리즈 우승 후보 '1순위' LA 다저스 전망!》

《스토브리그 역대 최대 돈 보따리 푼 샌디에이고 파드리스 올 시즌 내셔널리그 우승에 확신!》

《美 CBS, 내셔널리그 서부 지구 올 시즌 메이저리그 최대 격전지로 예상!》

《마이크 트라웃, 은퇴 시즌이라는 생각으로 월드 시리즈 우승에 최선을 다하겠다.》

《3월 18일 토요일 메이저리그 2028 시즌 개막!》

《개막전, 내셔널리그 서부 지구 최대 라이벌 LA 다저스 대 샌프란시스코 자이언츠!》

《다저스 차지혁과 자이언츠 도니 케일, 숨 막히는 투수전 예상!》

2028년 3월 18일 토요일.

긴 겨울잠에 빠졌었던 메이저리그가 기지개를 켰다.

개막전은 원정 경기였고, 그 상대는 LA 다저스와 함께 항상 지구 우승을 다투는 샌프란시스코 자이언츠였다.

AT&T 파크에는 기나긴 겨울 동안 야구가 개막하길 기다렸던 수만 명의 팬으로 북적거렸다.

"오늘 개막전에서도 퍼펙트게임?"

토렌스의 말에 내가 피식 웃었다.

경기가 시작되기 전 불펜에서 마지막 몸 풀기를 끝내자 화려한 개막식이 펼쳐졌다.

폭죽이 터지고, 여러 축하 행사들이 이어지고 양 팀 선수들이 한 명, 한 명 소개가 끝나고 나서야 LA 다저스의 1회 초 공격으로 경기가 시작됐다.

쇄애애액.

퍼어엉!

마운드 위에서 위력적인 공을 던지는 샌프란시스코 자이언츠의 개막전 선발 투수는 에이스 도니 케일이었다.

"그렇게 이적설에 휩싸이더니 결국은 남았네."

형수가 내 옆에 앉아 도니 케일을 바라보며 입을 열었다.

올 시즌 29살이 된 도니 케일은 명실상부 내셔널리그를 대표하는 선발 투수 중 한 명이다.

90마일 후반의 묵직한 포심 패스트볼과 90마일 중반의 컷 패스트볼, 체인지업, 커브를 제대로 던질 줄 아는 도니 케일은 놀랍게도 언더핸드스로(underhand throw) 투수였기에 그 가치가 훨씬 더 고평가를 받을 수밖에 없었다.

같은 구속의 공을 던져도 언더핸드스로 투수의 공이 더 위력적이며, 변화가 크게 느껴질 뿐만 아니라 상대적인 희귀성까지 갖추고 있었기에 타자들의 입장에서는 훨씬 더 상대하기가 힘들 수밖에 없다.

물론, 장점만 갖고 있는 건 아니다.

우투수인 도니 케일을 상대로 좌타자들은 일반적이 오버핸드 투수들보다 조금 더 오래 공을 지켜볼 수 있다. 거기에 언더핸드스로 투수의 최대 단점이라 불리는 체력 문제와 부상에 대한 위험성은 분명 선발투수보다는 불펜, 특히 마무리나 원포인트릴리프(one point relief)로서의 활용도가 높을 수밖에 없었다.

그런 악조건 속에서도 도니 케일은 선발 투수로서 우뚝 섰다.

부웅!

"스윙! 타자 아웃!"

작년에 이어 올 시즌에도 다저스의 1번 타자인 던컨 카레라스는 좌타자임에도 불구하고 도니 케일의 커브에 완벽하게 속으면서 헛스윙 삼진으로 시즌 첫 번째 타석을 장식했다.

시즌 첫 타석부터 삼진을 당했으니 더그아웃으로 돌아오는 던컨 카레라스의 표정은 당연히 밝을 수가 없었다.

이어진 2번 타자 크레이그 바렛도 내야 땅볼로 아웃이 되었고, 3번 타자인 코리 시거 역시도 외야 뜬공으로 무기력하게 1회 초 공격을 마치고 말았다.

"지혁아, 깔끔하게 세 타자 연속 삼진 부탁한다!"

오른손 주먹을 불끈 쥐며 그렇게 응원을 하는 형수를 뒤로하고 마운드에 올랐다.

시즌 개막전, 첫 번째로 상대하게 된 타자는 데릭 힐이었다.

개막전 포수 마스크를 쓰고 있는 토렌스와는 길게 사인을 주고받을 필요도 없었다.

쇄애애애애애액.

퍼— 어어엉!

"스트라이크!"

리그 최정상급 리드오프인 데릭 힐이었지만, 작년 시즌 나를 상대로 그는 6타수 무안타로 단 하나의 안타도 때려내지 못했다.

단순한 자부심이 아닌 구위를 믿는 자신감에서 나오는 내 투구에 데릭 힐은 일곱 번째 타석에서도 결국 안타를 치지 못하고 삼진을 당하며 마운드에 서 있는 내가 볼 수 있을 정도로 이를 바득바득 갈며 등을 돌렸다.

데릭 힐이 떠난 자리엔 마틴 배긴스가 들어섰다.

작년 시즌, 한 경기에서 두 번씩이나 기습 번트를 성공시켰던 마틴 배긴스에 대한 강렬한 기억 때문에 나는 결코 방심하지 않았다.

내야수들 역시도 마찬가지였다. 또다시 기습 번트를 할지 모른다는 생각 때문인지 내야수들 모두 한 발 앞에서 수비를 하면서 경기에 집중력을 발휘했다.

딱.

타구가 높이 떠오르자 곧바로 수비의 신, 크레이그 바렛이 발 빠르게 달려가 교본과도 같은 안정적인 수비로 아웃 카운트를 늘렸다.

순식간에 2아웃이 되었고, 타석에는 메이저리그에서 첫

번째 피홈런의 주인공인 길버트 라라가 자신만만한 얼굴로 들어섰다.

고작 단 한 번 말도 안 되는 홈런을 터뜨린 주인공이지만, 내게서 홈런을 뽑아낸 몇 안 되는 타자라는 자부심 때문인지 길버트 라라의 얼굴에는 자신감이 가득 담겨 있었다.

'컷 패스트볼이었지?'

스트라이크 존을 크게 벗어나는 낮은 쪽 볼을 그대로 걸어 올렸던 길버트 라라의 모습이 어제 일처럼 선명하게 떠올랐다.

토렌스가 사인을 줬다.

초구는 바깥쪽으로 살짝 빠지는 투심 패스트볼.

초구부터 볼을 던져 달라는 요구에 순순히 고개를 끄덕였다.

길버트 라라의 자세에서 눈빛까지 모든 것이 초구라도 원하는 공이면 여지없이 풀스윙을 하겠다는 의지가 느껴졌다.

와인드업을 하고 투심 패스트볼을 던졌다.

쇄애애애액!

부우우— 웅!

마운드까지 바람 소리가 들렸다.

메이저리그 최정상급의 파워를 자랑하는 길버트 라라의 스윙은 역시 무시무시했다.

있는 힘껏 배트를 돌리는 길버트 라라의 모습에 마스크를 쓴 토렌스의 입꼬리가 슬쩍 올라가는 게 눈에 보였다.

스트라이크가 아닌 볼에, 그것도 투심 패스트볼에 당했다는 사실에 길버트 라라의 눈가가 잔뜩 일그러졌다.

타석에서 벗어나 허공에 빈 스윙을 하더니 이윽고 고개를 끄덕이며 다시 타석에서 자세를 잡았다.

'몸 쪽 높은 코스의 포심 패스트볼.'

토렌스의 두 번째 사인은 전혀 생각해 보지도 못했던 코스와 구종이었다.

무엇보다 길버트 라라는 몸 쪽 높은 코스라고 못 치는 타자가 아니었다. 오히려 무지막지한 파워를 앞세워 몸 쪽 높은 코스의 공을 여러 번 홈런으로 만들어 버렸을 정도였다. 차라리 몸 쪽 낮은 코스의 공이 헛스윙이나 범타를 유도해 낼 확률이 높았다.

이런 사실을 모를 토렌스가 아니었기에 그를 믿고 사인대로 공을 던져 줬다.

부우우웅!

이번에도 헛스윙이었다.

바깥쪽에 이은 몸 쪽 코스에 완전히 농락을 당한 길버트 라라였다.

표정이 사납게 일그러졌다.

생각해 보면 내게서 홈런을 때리기 이전까지 길버트 라라는 계속해서 삼진을 당하며 샌프란시스코 자이언츠 3번 타자로서의 자존심을 완전히 구겼었다.

피홈런을 맞기는 했지만, 전체적인 대결 성적으로는 내가 훨씬 우세했다.

2스트라이크 노볼 상황에서 투수는 그 여느 때보다도 여유롭게 공을 던질 수 있다.

반대로 타자는 구석까지 몰렸다는 심리적인 상황으로 인해 냉정을 유지하는 일이 쉽지 않아진다.

작년까지 9년 연속 30홈런의 기록을 잇고 있는 길버트 라라라고 다르지 않다.

부우웅!

바깥쪽으로 살짝 빠지는 체인지업에 길버트 라라의 배트가 허공에 폭력을 가했다.

삼구삼진.

타자라면 가장 치욕스러운 아웃이었다.

더욱이 시즌을 시작하는 첫 번째 타석에서 삼구삼진을 당했다는 건 당사자를 제외하면 누구도 짐작할 수 없는 치욕스러운 기분일 거다.

"홈런 하나 때렸다고 히죽거리던 얼굴이 얼마나 보기 싫던지. 하하하."

토렌스가 내게 수고했다며 그렇게 말을 이었다.

더그아웃으로 들어가니 게레로 감독이 박수를 치며 나를 칭찬했고, 나머지 선수들도 모두 하이파이브를 하며 시즌 첫 번째 이닝에 대한 격려를 아끼지 않았다.

—오늘 차지혁 선수 컨디션이 아주 좋아 보입니다!

—시범 경기에서 보여줬던 모습을 고스란히 시즌 개막전에서도 이어가고 있네요. 제가 봤을 때, 차지혁 선수의 가장 큰 장점이라면 역시 꾸준함이라고 봅니다. 사실 운동선수에게 꾸준함을 요구하는 게 결코 쉬운 일이 아니죠. 그런 측면에서 봤을 때, 차지혁 선수는 크게 기복이 없는 피칭으로 항상 매 경기마다 자신의 실력을 유감없이 보여주니 구단 입장에서도 이보다 더 고마운 선수는 없을 거라고 봅니다.

—좋은 말씀이십니다. 차지혁 선수의 장점이라면 여러 가지가 있겠지만 역시 매 경기마다 꾸준하게 자신의 실력을 고스란히 보여주고 있다는 건 확실히 구단 입장에서도 가장 선호하는 부분이 아닐까 싶습니다. 아! 리즈 맥과이어 선수 헛스윙 삼진 아웃입니다! 이것으로 차지혁 선수 벌써

삼진 12개째를 기록합니다!

ㅡ96마일 투심 패스트볼에 리즈 맥과이어 선수 완벽하게 속았어요. 좌타자인 리즈 맥과이어 선수의 몸 쪽으로 날카롭게 파고들어 오는 투심 패스트볼은 정말 예술이라고 부를 수밖에 없군요. 던지는 구종마다 모두 리그 정상급이라 부를 정도로 완벽하게 구사를 하는 차지혁 선수를 보면 과연 저런 투수가 또다시 나타날지 의문이 들 정도예요.

ㅡ한 언론과의 인터뷰에서 차지혁 선수는 모두가 인정할 수 있을 정도로 완벽하게 던질 수 있을 때에만 새로운 구종을 경기에서 던진다고 했던 기억이 납니다. 차지혁 선수가 투심 패스트볼을 던지기 위해 1년이 넘도록 훈련을 했다고 하니 근성 또한 대단한 선수가 아닌가 싶습니다.

ㅡ뛰어난 재능에 노력과 근성까지 겸비하고 있으니 차지혁 선수가 지금처럼 메이저리그에서도 우뚝 설 수 있었던 것 아닌가 싶군요.

ㅡ유격수 크레이그 바렛! 숏바운드로 공을 잡고 1루로 송구~ 아웃! 8회 말 샌프란시스코 자이언츠의 공격이 끝났습니다. 이어서 9회 초 LA 다저스의 공격으로 찾아뵙겠습니다.

부웅!

퍼엉!

헛돌아가는 배트와 포수 미트에 정확하게 꽂히는 공을 보며 나는 왼손을 하늘로 번쩍 들었다.

경기 종료.

2점 차 리드를 마지막까지 지켜내며 개막전 기분 좋은 완봉승을 거뒀다.

9이닝 무실점, 14탈삼진, 2피안타.

마운드로 올라온 토렌스가 개막전 승리구를 내게 건네며 수고했다는 말을 했다.

"토렌스도 수고했어요."

2028년 3월 18일 개막전.

LA 다저스 대 샌프란시스코 자이언츠.

최종 스코어 2 : 0.

승리투수 차지혁(1승).

Chapter 4

　내셔널리그 서부 지구 최대 라이벌인 샌프란시스코 자이언츠 원정에서 개막전 승리는 2차전과 3차전으로도 이어졌다.

　LA 다저스의 2선발 투수로 확정된 딜런 아담스는 작년까지 휴스턴 애스트로스의 에이스였다는 걸 증명하듯 8이닝 무실점으로 샌프란시스코 자이언츠의 타선을 완벽하게 막아내며 시즌 첫 승을 신고했다.

　3선발 투수인 존 로더키는 기대 이하의 투구 내용으로 7이닝 5실점을 기록했지만, 이미 기세가 잔뜩 오른 LA 다저스

타선의 폭발적인 득점 지원에 힘입어 행운의 첫 승을 따낼 수 있었다.

특히, 이날 다저스 타선을 이끈 건 앞선 두 경기에서 이렇다 할 활약을 보여주지 못했던 이적생 데니스 플린이었다.

무려 4타수 4안타 2홈런을 몰아치며 자신의 가치가 결코 고평가되어 있지 않다는 걸 증명했다. 그리고 이날 경기에서 형수는 8회에 시즌 첫 번째 대타로 타석에 섰고, 큼지막한 2루타를 터뜨리며 게레로 감독의 마음을 흡족하게 했다.

샌프란시스코 자이언츠 원정 다음 상대는 2027 시즌 메이저리그 양대 리그를 통틀어 가장 패배가 많았던 샌디에이고 파드리스였다.

14억 달러.

2028 시즌을 위해 샌디에이고 파드리스에서 스토브리그에서 이적 계약에 쏟아 부은 돈이다.

무려 14억 달러라는 기록적인 금액을 지출하며 스토브리그 역대 최대 금액을 사용한 샌디에이고 파드리스는 더 이상 작년과 같은 최하위 구단이 아니었다.

바이런 벅스턴, 알렉스 잭슨, 칼럼 레니, 크리스찬 그림즈, 리즈 버틀러, 알렉스 버뎃까지 이름만 들어도 억 소리가 나오는 최고의 선수들을 모조리 이적시켜 왔다.

그 효과가 고스란히 반영되었음인지, 샌디에이고 파드리스는 개막전부터 LA 다저스와 함께 유일하게 스윕을 일궈 내며 올 시즌 최대 돌풍이 될 것임을 확신시켜 줬다.

LA 다저스와 샌디에이고 파드리스 중 어느 팀이 4연승을 이끌 것인가에 대한 모든 언론과 팬들의 집중 조명을 받으며 샌디에이고 원정 경기가 시작됐다.

LA 다저스의 선발 투수는 포스터 그리핀이었고, 샌디에이고 파드리스의 선발 투수는 앤드류 폴이었다. 두 투수 모두 4선발 투수들이었지만, 선발진이 약한 팀으로 간다면 충분히 2선발까지도 노려볼 만했다.

하지만 이날의 경기를 투수 놀음으로 지켜보는 이는 단 한 명도 없었다.

관전 포인트는 다저스와 파드리스 중 어느 팀의 타선이 더 강한가였다.

사람들의 기대대로 경기는 진행되었다.

최종 스코어 7 : 12.

LA 다저스보다 샌디에이고 파드리스의 화력이 한 수 위임이 증명되었다.

이날 경기에서 새롭게 샌디에이고에 둥지를 튼 이적생 바이런 벅스턴과 알렉스 잭슨은 나란히 2개의 홈런을 터뜨리며 자신들이 어째서 막대한 이적료를 받았는지를 확실하게 증명한 날이기도 했다.

이튿날도 화력 다툼이었고 LA 다저스는 2연패를, 샌디에이고 파드리스는 무려 5연승이라는 무시무시한 상승세를 자랑했다.

그렇게 3월 23일이 되었고, 팀의 연패를 끊기 위해 내가 선발로 마운드에 오르게 됐다.

"흐흐. 샌디에이고 덕분에 생각보다 빨리 너랑 배터리가 됐네."

형수의 웃는 얼굴을 바라보며 나 역시 마주 웃었다.

이틀 연속 샌디에이고 파드리스의 타선에 밀린 게레로 감독이 마지막 3차전에서는 절대 물러설 수 없다는 듯 토렌스보다는 타격 능력이 뛰어난 형수를 선발 라인업에 올린 것이다.

"그러고 보니까 1년 만이네?"

형수의 말에 마운드에 서서 힘차게 공을 던지고 있는 샌디에이고 파드리스의 선발 투수 맥스 프리드를 바라봤다.

작년 LA 다저스 홈 개막전에서 만났던 첫 상대가 맥스 프리드였다. 형수의 말대로 이후 재대결을 한 적이 없었기에 1년 만에 다시 맥스 프리드와 맞상대를 하게 된 거였다.

팀의 연패를 끊어야 한다는 부담감을 갖고 있는 나와 팀의 연승을 이끌어야 한다는 부담감을 갖고 있는 맥스 프리드는 작년의 복수까지 더해 오늘 경기에서만큼은 반드시 나를 상대로 승리하고 말겠다는 의욕이 강할 것만 같았다.

메이저리그 데뷔전을 치르는 신인 투수에게 퍼펙트게임으로 패배를 했으니 맥스 프리드의 자존심이 얼마나 상했을지는 묻지 않아도 알 만했고, 그래서 그런지 맥스 프리드의 공은 다른 날보다 훨씬 더 힘이 실려 있는 듯 보였다.

1회 초부터 맥스 프리드는 전력 피칭으로 다저스 타자들을 압도했다.

삼진 2개와 내야 땅볼로 안정적인 1이닝을 마치고 마운드를 내려가는 맥스 프리드의 모습에 나 역시 질 수 없다는 생각이 절로 들었다.

특히, 이틀 연속으로 LA 다저스의 마운드를 완전히 박살 내버린 샌디에이고 파드리스 타자들의 기세를 초반부터 확실하게 꺾어놔야 오늘 경기가 쉽게 풀릴 것 같은 예감이 들었다.

1번 타자 마누엘 마고에게는 초구부터 100마일이 넘는 포심 패스트볼을 던졌다.

이어서 투심 패스트볼을 연속으로 던져 헛스윙을 유도했고, 마지막 결정구로는 초구와 같은 101마일의 강속구로 루킹 삼진을 이끌어냈다.

2번 타자는 윌리 아다메스.

작년까지 4번 타순에 붙박이였던 윌리 아다메스였으나 올 시즌 워낙 거물급 선수들이 이적을 해오면서 2번 타순으로 조정을 받을 수밖에 없었다.

부우웅!

힘이 잔뜩 실린 헛스윙과 함께 윌리 아다메스의 하체가 균형을 잃고 비틀거렸다.

눈에 들어온다 싶으면 주저하지 않고 배트를 휘둘러대는 성격은 작년에 이어 올해도 여전했다.

'결정구는 체인지업.'

내 생각과 마찬가지로 형수 역시 체인지업을 요구했고, 바깥쪽 코스의 스트라이크 존을 살짝 벗어나는 공을 던졌다.

부웅!

예상대로 윌리 아다메스는 배트를 시원스럽게 휘둘렀고, 삼진을 당하고 말았다.

두 타자 연속 삼진이라는 쾌조의 스타트에서 타석에 들어선 3번 타자는 작년과 마찬가지로 도미닉 스미스.

스토브리그를 통해 바이런 벅스턴과 알렉스 잭슨을 이적시켜 왔을 때까지만 하더라도 모두 도미닉 스미스가 타순 조정을 받을 거라고 확신했다.

매년 좋은 성적을 유지하고 있기는 했지만, 팀의 간판타자로서 임팩트가 부족한 도미닉 스미스였기에 올스타 선수인 바이런 벅스턴이나 알렉스 잭슨이 3번 타자로 기용될 것이라는 전문가들의 예상이 줄을 이었다.

하지만 시즌이 시작되고 지금까지 도미닉 스미스는 3번 타순을 어느 누구에게도 양보하지 않고 있었다.

시즌 개막부터 이어오고 있는 4할 중반의 타율은 흠 잡을 곳이 없었고, 홈런 개수가 1개뿐이라는 게 조금 아쉽지만 뒤를 받치고 있는 바이런 벅스턴과 알렉스 잭슨으로 인해 상대 투수들이 정면 승부를 걸어오고 있었기에 도미닉 스미스의 타격감은 좀처럼 떨어질 기미가 보이질 않았다.

그래서 그런 것인지, 타석에 서 있는 도미닉 스미스의 표정은 상당히 자신만만했다.

'초구부터 유인구라니.'

형수가 보내온 초구 사인은 스트라이크 존 바깥쪽으로 살짝 빠져나가는 컷 패스트볼이었다.

좌타자에게 분명 좋은 미끼였지만, 급하게 승부를 걸어올 필요가 없는 도미닉 스미스의 상황을 생각해 보면 초구를 굳이 버릴 필요가 있나 싶었다.

'믿자.'

머릿속의 잡생각을 털어내며 형수를 믿고 던지기로 했다.

와인드업을 하고 컷 패스트볼을 던졌다.

쇄애애액.

퍼엉.

"볼!"

아쉽게도 내 예상대로 도미닉 스미스의 배트는 조금의 미동도 없었다.

마스크를 쓰고 있는 형수의 표정이 일그러지는 게 눈에 보였다.

아마도 초구에 내가 스트라이크를 잡는 성격임을 알고 있다면 충분히 헛스윙을 유도할 수 있다 생각한 것 같지만, 내가 봤을 때 전혀 아니었다.

더욱이 3번 타자임에도 불구하고 유인구 승부보다는 정면 승부를 지속적으로 받아 온 도미닉 스미스였으니 그의 입장에서는 급할 이유가 전혀 없었다.

공을 내게로 다시 던져 주는 형수의 얼굴에서 고민의 흔적이 엿보였다.

초구부터 자신의 생각대로 타자가 끌려오지 않으니 포수로서 당연히 고민이 될 수밖에.

형수가 다시 2구에 대한 사인을 보내왔다.

'투심?'

이번에도 유인구였다.

도미닉 스미스의 몸 쪽으로 바짝 붙이는 투심 패스트볼.

초구에 이어 2구까지 유인구를 던질 필요가 있을까?

고민을 하다 이내 형수에게 고개를 가로 저었다.

'몸 쪽 포심 패스트볼.'

내 사인에 형수가 잠시 망설이는 것 같더니 이윽고 고개를 끄덕였다.

우선은 스트라이크 하나를 잡고 다시 원점으로 돌아가야 할 때다.

쇄애애액.

퍼엉!

"스트라이크!"

1스트라이크 1볼 상황에서 고른 3구는 바깥쪽 스트라이크 존을 살짝 걸치는 포심 패스트볼이었고, 도미닉 스미스의 배트가 살짝 늦어지면서 타구가 파울 밖으로 날아갔다.

4구로 파워 커브를 던져서 유인을 해봤지만, 실패.

5구로 체인지업을 던졌지만 상체만 움찔 거렸을 뿐, 도미닉 스미스의 배트는 요지부동이었다.

풀카운트임에도 불구하고 도미닉 스미스의 표정은 여전히 여유로웠다.

볼넷을 던지지 않는 내 성향, 대기 타석에서 열심히 배트를 휘두르며 자신에게 기회가 오기만을 기다리고 있는 바이런 벅스턴, 이런 상황들이 엮이니 도미닉 스미스로서는 반드시 내가 유인구가 아닌 정면 승부구를 던져올 것이라고 확신하고 있는 듯 보였다.

'원하는 대로 던져 준다.'

단, 절대 좋은 코스로는 던져 주지 않는다.

고민 끝에 고른 공은 투심 패스트볼.

몸 쪽으로 살짝 꺾여 들어가지만 스트라이크 존을 벗어나지는 않는 굉장히 까다로운 공을 던져 준다.

혹시나 싶은 생각에 로진백을 손에 묻히고는 와인드업을 하고 공을 던졌다.

내 손을 떠난 공이 도미닉 스미스의 몸 쪽 스트라이크 존 안으로 향하자 그의 배트가 벼락처럼 튀어 나왔다.

하지만 투심 패스트볼이라는 걸 예상하지 못했던지 배트 안쪽에 공이 맞았다.

딱.

타구가 크게 바운드가 되면서 꽤 높이 튀어 올랐다.

1루 수비를 보고 있던 케럴 발렌타인이 타구를 향해 급하게 몸을 움직였고, 도미닉 스미스와 나 역시 1루를 향해서 빠르게 뛰었다.

몇 년 전까지만 하더라도 20개의 도루를 꾸준히 해왔을 정도로 준족 소리를 들었던 터라 도미닉 스미스의 달리기는 결코 느리지 않았다.

크게 바운드가 되면서 허공에서 내려오는 시간이 생각보다 길었기에 케럴 발렌타인이 어떻게 수비를 하느냐가 무척이나 중요해졌다.

급한 마음에 포구보다 송구를 먼저 생각하면 공을 놓치거나 악송구로 이어질 확률이 높았기에 나 역시 순간적으로 긴장감이 들었다.

'늦었다.'

죽어라 1루로 뛰는 도미닉 스미스였기에 타구를 잡고 송구를 하기엔 시간적인 여유가 없었다.

어쩔 수 없이 내야 안타를 허용해야 하는 건가 하고 생각하는 사이, 케럴 발렌타인이 글러브가 아닌 맨손으로 떨어지는 타구를 낚아채면서 그대로 송구를 해왔다.

펑! 팟!

내 글러브에 공이 들어오는 것과 도미닉 스미스의 발이 1루 베이스를 밟는 것이 거의 비슷하게 느껴졌다.

1루심을 돌아보니 그는 잠시 머뭇거리다 이내 아웃을 선언했다.

판정이 떨어지자 나와 다저스 수비수들은 뒤도 돌아보지 않고 뛰어서 더그아웃으로 들어가 버렸다.

반면 1루심의 판정에 샌디에이고 파드리스의 1루 코치가 어떻게 아웃이냐며 항의를 했고, 그사이 샌디에이고 감독이 1루심에게 다가가 판정에 대해서 이야기를 나누었다. 그러면서도 힐끔거리며 더그아웃을 바라봤고, 전화를 하던 코치 중 한 명이 고개를 가로로 젓자 그제야 1루심의 어깨를 툭툭 두드리고는 더그아웃으로 돌아갔다.

"아슬아슬했다."

형수의 말에 나는 고개를 끄덕이고는 케럴 발렌타인에게 다가갔다.

"케럴, 정말 멋진 수비였어. 고마워."

"당연한 거잖아. 고마워할 필요 없으니까 척은 수비를 믿고 마음껏 공을 던지기만 해."

나보다 나이가 한 살 많은 케럴 발렌타인이었지만, 차분한 성격에 매너도 상당히 좋은 편이라 작년부터 서로 편안하게 말을 하고 있었다.

2회 초, 다저스의 공격은 4번 타자 데니스 플린부터 시작이었다.

195㎝의 큰 키를 자랑하는 데니스 플린은 과도할 정도로 오픈 스탠스를 밟고 서 있었다.

배트는 오른쪽 어깨에 걸치고 서서 투수가 공을 던지길 기다리는 타격 자세를 잡고 있었는데, 배트 스피드도 빠르고 스윙 궤적도 좋은 편에다가 타격 시 파워를 제대로 전달

하는 요령까지 터득하고 있었기에 장타력이 상당히 좋았
다.

타격 실력만 놓고 본다면 확실히 중심타선에 놓을 만했
기에 초창기 필라델피아 필리스에서는 그에게 외야수로 포
지션 이동을 요구하기도 했었다.

아무래도 체력 소모와 수비 부담이 많은 2루수보다는 외
야에서 수비를 하면서 타격 능력을 조금 더 끌어올리길 바
랐기 때문이다.

그러나 데니스 플린은 2루 수비를 고집했고, 그 결과 수
비력은 좋은 평가를 못 받지만 2루수 부문에서 타격 능력만
큼은 독보적으로 인정을 받고 있는 중이다.

딱!

맥스 프리드의 슬라이더를 데니스 플린은 그대로 밀어
쳤다.

타구가 총알처럼 1루수 키를 넘기며 우익수 깊숙한 코스
까지 굴러갔다.

평균의 주력을 갖고 있는 데니스 플린은 여유 있게 2루까
지 안착했다.

2회 초 선두타자가 2루타를 터뜨렸으니 득점에 대한 기
대를 가질 만했다.

타석에는 올 시즌이 마지막 은퇴 시즌이라는 생각으로

매 경기마다 최선을 다하겠다고 다짐한 마이크 트라웃이 들어섰다.

어느덧 38살로 노장이 되어 있었지만, 그는 여전히 좋은 타격과 평균 이상의 수비력을 유지하고 있었다.

"맥스 프리드로서는 작년이 생각나겠는데?"

곁에 앉아 있던 토렌스의 말에 나 역시 작년의 일을 떠올렸다.

개막전에서 트라웃은 맥스 프리드의 낮은 볼을 그대로 펜스 밖으로 날려 버리면서 3점 홈런을 터뜨렸었다.

그때의 기억을 가지고 있다면 맥스 프리드로서는 쉽사리 낮은 볼을 던질 수가 없을 거다.

내 예상대로 초구는 몸 쪽 높은 코스의 포심 패스트볼이었다.

주자를 2루에 둔 상황에서 초구부터 스트라이크를 던져 줄 수 없다는 압박감이 있었던 건지, 맥스 프리드의 공이 스트라이크 존을 살짝 벗어나면서 볼이 되고 말았다.

'내가 투수라면 여기서는 바깥쪽으로 살짝 빠지는 유인구.'

현재 트라웃의 머릿속에는 최소한 진루타만이라도 쳐야 한다는 생각이 가득할 거다. 그렇다면 몸 쪽 코스를 던지기 보다는 원하는 바깥쪽 코스를 공략해서 범타나 헛스윙을 유도하는 것이 최상이었다.

내 생각과 일치하게 맥스 프리드는 바깥쪽으로 빠지는 체인지업을 던졌다.

아쉽다면 배트가 거의 돌았다가 마지막에 멈춰서 노스윙 판정을 받았다는 것 정도였다.

2볼 상황에서 맥스 프리드가 선택할 수 있는 구종과 코스는 그리 많지 않다.

트라웃을 거를 것인가?

트라웃 다음 타자는 누구인가?

맥스 프리드와 포수 마스크를 쓰고 있는 오스틴 헤지스의 생각이 복잡해질 상황이다.

대기 타석에서는 시즌 초반부터 좋은 타격감을 보여주고 있는 형수가 맹렬하게 배트를 휘두르고 있었다.

어떤 선택을 할까?

트라웃과 정면으로 승부를 볼 것인가, 거른다는 생각으로 끝까지 유인구 승부를 벌이다가 1루를 채워놓고 형수와 승부를 낼 것인가.

맥스 프리드가 3구를 어떻게 던지느냐에 따라 예상이 가능했다.

사인을 주고받은 맥스 프리드가 2루 주자, 데니스 플린을 힐끔 바라보고는 빠르게 공을 던졌다.

'패스트볼, 낮은 코스.'

딱!

트라웃의 배트가 빠르게 나왔지만, 타이밍이 늦고 말았다.

타구가 포수 뒤쪽으로 크게 벗어나며 파울이 되었다.

피하지 않겠다는 의미다.

아니, 피할 수도 있지만 눈에 보일 정도로 트라웃을 쉽게 1루까지 걸어 나가도록 하지는 않겠다는 뜻이다. 그리고 굳이 트라웃을 피하는 모습을 보이면서 형수의 자존심을 건드릴 필요도 없었다.

역시 맥스 프리드는 노련했다.

1스트라이크 2볼 상황에서 던진 네 번째 공은 바깥쪽 스트라이크 존을 아슬아슬하게 걸치고 들어가는 체인지업이었다.

"스트라이크!"

트라웃은 고개를 갸웃거리며 좀 멀지 않았냐는 행동으로 주심에게 어필을 했고, 맥스 프리드는 로진백을 주무르며 한결 밝아진 표정으로 서 있었다.

이제는 상황이 바뀌었다.

1스트라이크 3볼 상황과 2스트라이크 2볼 상황은 분명 다르니까.

트라웃은 자세를 잡았고, 맥스 프리드는 한결 여유롭게 2루 주자를 바라보다 5구를 던졌다.

딱.

몸 쪽으로 찌르고 들어오는 패스트볼은 스트라이크 존을 벗어났다.

그럼에도 이미 배트가 절반 이상 돌아 나온 트라웃은 유격수 방면으로 타구를 보내면 안 된다는 일념 하나로 배트를 억지로 밀어냈다.

수십 년 동안 배트를 휘둘러 왔기에 가능한 일이었고, 본능적인 타격이었다.

트라웃의 의도대로 타구가 2루수와 1루수 방면으로 바운드 되며 굴러갔고, 그사이 2루 주자 데니스 플린은 3루를 향해 달렸다.

"아웃!"

트라웃은 비록 1루에서 아웃이 되고 말았지만, 어쨌든 주자를 3루까지 진루시켰다는 사실에 안도의 한숨을 내쉬며 더그아웃으로 들어왔다.

게레로 감독은 수고했다며 트라웃의 등을 다독였고, 다른 선수들 역시도 모두 박수를 쳐 주었다.

이제는 외야로 공만 띄우면 된다.

모두의 기대감을 안고 타석에 들어선 건 형수였다.

다행이었다.

타격 감각도 좋았고, 파워도 있었기에 욕심만 부리지 않는다면 외야 뜬공 정도는 가능했으니까.

너무 짧지만 않으면 된다.

데니스 플린의 발이라면 득점 기회는 충분했으니까.

딱!

형수는 모두의 기대대로 크게 욕심을 부리지 않았다.

맥스 프리드의 체인지업을 우익수에게 날려 보냈고, 수비 능력이 뛰어난 알렉스 잭슨이라 하더라도 데니스 플린의 주력을 막을 정도의 어깨는 가지고 있지 않았기에 2회만에 1점을 득점하며 리드를 잡을 수 있게 됐다.

7번 타자 빌 맥카티가 3루수 땅볼로 아웃이 되면서 2회초 LA 다저스 공격이 끝났다.

2회 말, 샌디에이고 파드리스의 공격은 바이런 벅스턴, 알렉스 잭슨, 칼럼 레니로 이어지는 호화 타선이었다.

올스타 외야 출신의 바이런 벅스턴과 알렉스 잭슨이야 설명할 필요도 없는 타자들이고, 칼럼 레니는 작년 시즌까지 밀워키 브루어스에서 활약하던 3루수로 수비와 공격에서 모두 평균 이상의 실력을 갖추고 있었다.

대형 3루수라고 부르기엔 파워에서 부족함이 있었지만, 27살의 젊은 나이임에도 불구하고 메이저리그 6년 차의 베테랑인데다가 매년 20개 이상의 홈런과 3할에 근접하는 타율을 기록했으니 어설프게 홈런만 많이 치는 거포 3루수보다는 훨씬 쓰임새가 좋다 부를 수 있었다.

확실히 무게감에서 샌디에이고 파드리스의 타선은 작년과 비교를 거부하고 있었다.

타석에 들어서는 바이런 벅스턴을 바라보며 손에 쥐고 있던 로진백을 내려놨다.

앞으로는 계속해서 만나야 할 상대다.

내셔널리그의 같은 지구인 샌디에이고 파드리스로 이적을 해왔으니 시즌 내내 지겹도록 만나게 될지도 몰랐다.

더욱이 올 시즌 유독 내가 많이 상대해야 하는 팀들이 있었는데 그중 한 곳이 샌디에이고 파드리스였다.

시즌 스케줄에 따르면 무려 5번이나 선발로 등판해야 했으니 나와 바이런 벅스턴이 부상자 명단에 오르지만 않으면 최소 15번은 투수와 타자로 만나야 한다는 계산이 나온다.

참고로 올 시즌 내가 가장 많이 만나야 할 구단은 샌프란시스코 자이언츠로, 총 6번이나 선발 등판 스케줄이 잡혀 있었다.

다저스 구단에서 일부러 로테이션을 그렇게 맞춘 것이 아니라 1선발 투수로서 5인 로테이션 스케줄을 짜다 보니 시즌 스케줄과 우연찮게도 맞물려 버린 거였다.

이런 스케줄 표에 당연히 게레로 감독과 구단 임원진들이 무척이나 좋아했다는 유혁선 선배의 말에 나 역시 웃을 수밖에 없었다.

솔직히 말하면 나 역시 8월 올림픽 대표팀 차출로 보름가량 구단을 떠나 있어야 하는데, 이왕이면 지구 순위에 지대한 영향을 끼치는 샌프란시스코 자이언츠와 샌디에이고 파드리드 등의 팀과 자주 맞붙어서 1승이라도 더 쌓으면 심적으로 구단에 대한 미안한 마음이 가실 수 있기 때문이었다.

그리고 명색이 팀 에이스로서 강한 팀을 상대로 승리를 챙겨야 하질 않겠는가?

쐐애애애액!

퍼어어엉!

"스트라이크!"

시원스럽게 포수 미트에 박히는 공의 구속은 102마일이 찍혔다.

타석에 서 있는 바이런 벅스턴의 눈살이 살짝 찌푸려지는 모습이 보였다.

메이저리그 최고의 타자로 몇 년을 군림했던 바이런 벅스턴, 이제는 35살이라는 적지 않은 나이로 인해 배트 스피드부터 파워까지 완연한 하락세를 맞이한 타자.

그런 바이런 벅슨턴을 상대로 주눅들 필요도 없었고, 그러고 싶지도 않았다.

지는 별, 그리고 뜨는 별.

오늘 그 차이를 확실하게 알려줄 생각이다.

*　　*　　*

─스윙! 알렉스 잭슨 헛스윙 삼진입니다! 오늘 차지혁 선수 대단합니다! 어제 경기까지 평균 8득점이라는 무시무시한 득점력을 자랑했던 샌디에이고 파드리스의 강타선을 완벽하게 틀어막고 있습니다! 특히 오늘 파드리스의 중심 타선인 3, 4, 5번 타자들을 상대로 무려 탈삼진 5개를 잡아내며 마운드의 높이가 무척이나 높다는 걸 똑똑히 보여주고 있습니다!

─대단하네요. 차지혁 투수! 시즌 두 번째 선발 등판임에도 벌써부터 102마일의 강속구를 던지면서 샌디에이고 파드리스 타자들을 완벽하게 잠재우고 있네요. 특히 바이런 벅스턴과 알렉스 잭슨의 경우 두 번씩이나 삼진을 당하면서 완전히 체면을 구기고 있죠. 무엇보다 주목해야 할 점은 모두 정면 승부로 두 타자를 압도하고 있다는 점이죠. 차지혁 투수 정말 대단한 배짱과 자신감이네요.

―그리고 현재 5회까지 차지혁 선수는 퍼펙트게임 중입니다. 아무래도 1회 말에 있었던 케럴 발렌타인 선수의 호수비가 그 원동력이 되질 않았나 싶습니다.

―무척 좋은 수비였어요. 케럴 발렌타인 선수 포스트 시즌부터 빅리그에 입성해서 지금까지 굉장히 좋은 모습을 보여주고 있죠. 타격에서는 살짝 기대에 못 미치고 있지만, 수비적인 측면에서는 기존의 미치 네이 선수보다 훨씬 낫다는 평가를 받고 있어요.

―말씀하시는 순간 칼럼 레니 선수의 타구 총알처럼 2루 베이스를 향해 날아갑니다! 아! 크레이그 바렛 선수 다이빙 캐치! 1루로 송구~ 아웃! 아웃입니다! 정말 멋진 호수비가 또 한 번 나왔습니다!

―크레이그 바렛 선수의 수비도 환상적이었지만, 그 이전에 칼럼 레니 선수를 상대로 게레로 감독의 수비 시프트가 제대로 적중했어요.

―5회 말 샌디에이고 파드리스의 공격이 끝났습니다. 잠시 광고 나간 후에 6회 초, LA 다저스의 공격을 중계해 드리도록 하겠습니다.

이태석 캐스터는 카메라가 잠시 꺼지자 재빨리 한쪽에 놓아두었던 음료를 마셨다. 시원하게 음료를 마시고 난 이태석 캐스터가 살짝 흥분한 얼굴로 말했다.

"오늘 경기 정말 대단하지 않습니까? 솔직히 샌디에이고 타선이 워낙 강력해져서 차지혁 선수라 하더라도 쉽지 않을 거라 생각했었는데, 역시 차지혁은 차지혁이네요. 휴우~!"

박승태 해설위원이 동감이라는 듯 고개를 끄덕였다.

"경기 시작 전까지만 하더라도 7이닝 1실점으로만 막아도 정말 훌륭하다고 생각했는데, 5이닝까지 퍼펙트를 기록하고 있으니 할 말이 없군."

"설마 이러다가 오늘 퍼펙트게임 나오는 거 아닐까요?"

5회 말까지 차지혁의 투구 내용이 워낙 완벽해서 솔직히 기대가 가기도 했다.

하지만 방심은 금물이다.

"샌디에이고 파드리스의 타선이 그렇게 호락호락하지는 않아. 무엇보다 연속 삼진으로 자존심을 구기고 있는 바이런 벅스턴과 알렉스 잭슨이 이대로 주저앉을 것 같지도 않고. 어찌되었든 7회 말부터 진짜 재밌어질 것 같군."

박승태 해설위원의 말은 실제로 이루어졌다.

6회 말까지도 세 명의 타자를 상대로 퍼펙트게임을 이끌었던 차지혁은 7회 말, 선두 타자인 1번 타자 마누엘 마고에게 1, 2루 간을 빠져나가는 안타를 맞으면서 퍼펙트게임에 대한 기대를 아쉽게도 날려 버리고 말았다.

"크레이그 바렛을 2루에 갖다 놨으면 충분히 잡았을 텐데 너무 아쉽네요."

"데니스 플린의 수비력은 항상 말이 많았으니까. 그리고 타구의 코스가 너무 절묘해서 딱히 데니스 플린을 뭐라고 할 수도 없었고."

마누엘 마고에게 안타를 맞기는 했지만, 이어진 타자들을 상대로 차지혁은 여전히 위력적인 강속구를 무기로 삼진 하나와 땅볼, 뜬공으로 7회를 마쳤다. 그리고 이어진 8회, 9회 말에도 마운드에 올라온 차지혁은 피안타 하나만을 허용하면서 시즌 2승과 두 번째 완봉승을 챙길 수 있었다.

"아쉽다! 7회 말에 안타를 맞지만 않았어도 퍼펙트게임이었는데!"

이태석 캐스터만큼이나 모든 팬들과 언론이 아쉬움을 남긴 경기였다.

Chapter 5

시즌이 시작됐다 싶었더니 어느덧 5월에 접어들었다.

모든 사람들의 예상대로 내셔널리그 서부 지구는 하루만에도 순위가 엎치락뒤치락하는 혼돈의 지구가 이어지고 있었다.

매년 우승 후보로 꼽히는 LA 다저스와 샌프란시스코 자이언츠는 여전한 전력으로 순위 다툼에서 빠지지 않았고, 천문학적인 막대한 돈을 쏟아 부은 샌디에이고 파드리스는 신흥 강자로 우뚝 올라서서 호시탐탐 지구 1위 자리를 노리고 있었다.

나름 전력을 보강한 콜로라도 로키스 역시 쉬운 상대가 아니었기에 상대적으로 이렇다 할 전력 보강이 없었던 애리조나 다이아몬드백스만이 여기저기 치이면서 지구 꼴찌를 달리고 있을 뿐이었다.

3월 18일 개막전 선발을 시작으로 선발 5인 체제 속에서 나는 로테이션을 단 하루도 빼놓지 않고 꼬박꼬박 등판을 했다.

3월에 있었던 3차례 선발 등판에서 3승, 4월 6차례 선발 등판에서 4승 1패를 기록하면서 5월이 되기 전에 7승을 올리면서 내셔널리그뿐만 아니라 아메리칸리그까지 통틀어 다승 부문 1위를 독주하고 있었다.

한 가지 아쉬운 일이라면 4월 23일 볼티모어 오리올스 원정 경기에서 메이저리그 첫 패배를 기록했다는 점이다.

볼티모어 오리올스는 저주받은 아메리칸리그 동부 지구에 속한 구단으로 뉴욕 양키스와 보스턴 레드삭스라는 두 거대 공룡 틈바구니에서도 제 역할을 제법 톡톡히 해내고 있는 구단 중 하나였다.

특히 2020년 이후, 유망주 육성을 통해 외부 선수가 아닌 내부 선수들을 가장 훌륭하게 키워내고 있는 구단 중 한 곳이기도 했다. 다만 그렇게 키워낸 선수들을 비싼 값에 팔아먹기 바쁘다는 오명을 뒤집어쓰고 있기는 했지만.

어쨌든 볼티모어 오리올스의 최대 강점은 젊음과 패기다.

선수단 평균 연령이 24.2세로 굉장히 어렸지만 2023년 이후 볼티모어 오리올스는 지구 순위 3위 밖으로 나간 적이 없을 정도로 성공적인 팀 리빌딩을 이뤄냈고, 외부 선수 영입보다는 내부 선수 육성을 통해 선수단 몸값을 가장 저렴하게 지출하고 있는 구단이기도 했다.

볼티모어 오리올스를 상대로 선발 등판한 나는 8이닝 2실점으로 첫 패배를 기록하고 말았다.

앞서 있었던 워싱턴 내셔널스와의 LA 홈 경기에서 LA 다저스 타자들의 방망이가 영 불안하다 싶더니 결국은 볼티모어 원정 첫 경기에서 무득점으로 경기를 마친 것이다.

선발 투수로서 8이닝 2실점으로 호투를 보였지만, 역시 승리투수가 되는 일은 타자들의 도움이 없이는 불가능하다는 걸 다시 한 번 확인시켜 주는 경기였다.

메이저리그 데뷔 이후 처음으로 패배를 한 날, 모든 언론이 떠들썩하게 기사를 내놓았다.

1패 한 게 그렇게까지 기사 거리가 될 만한 일인가 싶은 생각이 들었다.

몇몇 인지도도 없는 찌라시 언론에서는 2년 차 징크스의 시작이라는 웃기지도 않는 기사를 내놓으며 비웃음을 사기 바빴다.

8이닝 2실점, 타선의 지원이 없었기에 패배를 했을 뿐인데 그게 그렇게 부진한 성적인가?

첫 패전투수가 되고 28일 샌프란시스코 자이언츠와의 원정 경기에서 17개의 탈삼진을 앞세워 완봉승을 따내니 전날까지 근거도 없이 부진을 들먹이던 기사들이 말끔하게 사라지는 모습을 볼 수 있었다.

그렇게 3, 4월 9번 선발로 등판해서 7승 1패를 기록하는 동안 120개의 탈삼진을 잡아내며 양대 리그 최고의 투수로서의 위용을 발휘하고 있었지만, 8실점, 0.95라는 평균자책점이 확실히 작년보다 올 시즌이 힘들다는 걸 명백하게 증명해 주고 있었다.

"욕심쟁이 같으니라고."

밥을 먹던 형수가 나를 바라보며 투덜거렸다.

"뭐가?"

"상 좀 그만 타라. 3월에도 받고, 4월에도 받고. 다른 선수들도 좀 받아야 하지 않겠냐?"

"상 받기 싫어서 일부러 성적을 떨어트릴 순 없잖아."

"…그 말이 더 얄밉다."

온갖 인상을 찌푸리는 형수의 모습에 나는 피식 웃고는 먹음직스러운 두부찌개를 크게 한 수저 떠서 먹었다.

"참, 2일이라고 했었나?"

형수의 물음에 내가 무슨 소리냐는 듯 밥을 씹으며 녀석을 바라봤다.

내 표정에 형수가 다시 말했다.

"이번 올림픽 대표팀 차출 명단 발표 말이야. 2일이라고 했던 것 같은데, 맞지?"

"맞아."

"나도 차출되겠지?"

"가능성이 높지. 이번에 양태준 감독도 해외파, 특히 메이저리거를 중심으로 국가 대표팀을 꾸린다고 했으니까."

"젠장! 옛날에는 올림픽에서 동메달만 따도 군대 면제시켜 주더니 왜 야구만 금메달로 상향 조정을 해서는 내 발목을 붙잡느냐고."

형수의 투정에 나 역시 같은 생각이 들었다.

베이징 올림픽까지만 하더라도 국가 대표 야구 선수들은 동메달만 따도 군대 면제를 받았다.

하지만 새롭게 2020년 도쿄 올림픽에서 야구가 부활하면서 야구 선수들은 동메달이 아닌 금메달을 따야만 군대 면제를 받을 수 있게 됐다.

당연히 반발이 심할 수밖에 없는 문제였다.

그렇지 않아도 아시안게임밖에 군대 면제를 받을 길이

없는데, 올림픽에서도 금메달을 따야 한다는 조건은 다른 스포츠 종목들과 비교했을 때 형평성에서 문제가 생길 수밖에 없었다.

그런데 아이러니하게도 그게 문제였다.

아시안게임에서 한국 대표팀의 금메달을 막을 수 있는 나라는 일본이 유일했다.

대만 야구가 아무리 발전했다 하더라도 아직까지는 한국의 벽을 넘기엔 한참이나 멀었고, 유일한 라이벌인 일본이 아시안게임에서는 메이저리거와 일본 프로 선수들을 적극적으로 차출하지 않으니 아시안게임에서 한국 야구는 절대 강자로 남을 수밖에 없었다.

실질적으로도 베이징 올림픽 이후로 야구가 올림픽에서 퇴출당하면서 아시안게임에 매달린 결과, 야구 국가 대표팀은 지속적으로 금메달을 따내며 국가 대표로 선정만 되면 군대 면제라는 공식이 성립되었다.

당연히 축구를 비롯한 다른 종목들의 불만이 생겨날 수밖에 없었다.

아시안게임에서 야구 대표 선수들은 지속적으로 군대 면제를 받는데, 타 종목, 특히 축구의 경우 2015년 이후로 제대로 된 메달을 따지 못하면서 군대 면제자들이 급격하게 줄어들자 축구계의 반발이 심해졌다.

물론 상관없는 이야기다.

야구는 야구고, 축구는 축구니까.

그런데 사돈이 땅을 사면 배가 아프다고 축구계의 끈질긴 발목 잡기는 끝이 없었다.

무엇보다 올림픽 야구 동메달 역시 그렇게 높은 벽이 존재하지 않았기에 사실 야구 국가 대표에 승선만 하면 군대 면제는 보장된 것이나 다름없다는 인식이 결국은 여론에 악영향을 끼쳤고, 야구만 금메달을 따야 군대 면제라는 조건이 붙게 되었다.

"이번이 아니더라도 다음이 있잖아."

올림픽에서 금메달을 따지 못해도 아시안게임에서 따면 된다.

나조차도 이렇게 생각하고 있으니 다른 종목 선수들의 상대적인 박탈감은 확실히 심할 것 같기도 했다.

"그거야 그렇지만."

앞으로 2년 후에 아시안게임이 열리니 이번에 금메달을 못 딴다 하더라도 그때 금메달을 목에 걸면 군대는 면제다.

나와 형수의 나이를 생각했을 때, 군대 문제로 프로 생활에 지장을 받을 일은 없다고 봐도 상관없었다.

다음 날, 한국에서 올림픽 국가 대표 차출 명단이 언론을 통해 공개됐다.

투수 10명, 포수 3명, 내야수 7명, 외야수 5명.

총원 25명.

예전보다 1명이 늘어난 숫자였다.

나는 당연히 투수 명단에 포함되어 있었고, 형수 역시도 포수 명단에 포함되어 있었다.

구단의 반응은 당연히 좋지 않았다.

이미 예견하고 있었던 일이지만, 막상 시즌 중에 보름가량 팀을 떠나야 한다는 사실이 좋을 순 없었다.

아시안게임과 다르게 올림픽의 경우에는 국가 대표팀 차출에 구단이 거부를 할 수가 없었다.

이 역시 국제야구연맹인 IBAF에서 강제한 조항이기 때문이다.

최고의 선수들이 올림픽에서 활약을 해야 야구의 위상도 높아진다는 취지였다.

"우리가 아는 사람들 많네."

형수의 말대로 이번 올림픽 대표팀 차출 명단에는 일석고등학교 선배들이 상당히 많았다.

그중 가장 눈에 띄는 사람은 당연히 유한석 선배였다.

연봉 총액 600만 달러에 토론토 블루제이스와 계약을 했던 유한석 선배는 국내 고교 넘버원 투수로 각광을 받으며 메이저리그의 문을 두드렸지만, 아쉽게도 메이저리그 진출 5년 차인 지금에서야 겨우 빛을 볼 준비를 하고 있었다.

"시애틀로 트레이드되면서 올 시즌에 겨우 선발진에 합류했는데, 8월에 국대에 차출당하게 생겼으니 이러다가 복귀했을 때 선발 자리 없는 거 아닌지 모르겠네."

걱정스러운 표정의 형수였다.

"그래도 군 면제가 우선이니까."

물론 냉정하게 2년 후 아시안게임을 노려볼 수도 있다.

하지만 올림픽 대표팀 차출을 거부하고 2년 후 아시안게임 차출을 요청한다는 건 쉽지 않은 일이다.

야구계에 엄청난 인맥을 자랑한다면 모를까, 그렇지 않으면 거의 불가능한 일이다.

유한석 선배에게는 불행한 일이지만, 군대 면제를 받아야 한다는 생각을 갖고 있다면 올림픽 대표팀 차출 거부는 있을 수 없는 일이었다.

설령 형수의 말대로 구단으로 복귀를 했을 때 선발 자리를 뺏기는 일이 있다 하더라도 말이다.

"지금 내가 남 걱정할 때가 아니지."

4월 형수의 성적은 말 그대로 바닥을 찍었다.

홈런은 5개나 기록했지만 타율은 2할 초반을 찍었고, 삼진도 굉장히 많았다.

그나마 위안거리라면 토렌스의 백업 포수로는 형수만 한 선수가 없다는 것 정도.

'이것도 위안거리인지는 모르겠지만.'

어쨌든 형수에게는 무척이나 잔인했던, 나에게는 내셔널리그 이달의 선수상을 안겨준 4월이 지나고 5월이 시작되면서 4일 샌프란시스코 자이언츠 선발 경기에 등판했다.

시즌 스케줄이 중간에 피츠버그 3연전이 낀 샌드위치 시리즈였기에 5일 전 나를 상대했던 샌프란시스코 자이언츠 선수들로서는 내가 무척이나 지긋지긋하게 느껴질 수도 있었다.

LA 다저 스타디움을 가득 채운 관중들 앞에서 5월 첫 선발 등판 경기가 시작됐다.

《LA 다저스 차지혁 2경기 연속 완봉승! 시즌 8승!》

《차지혁만 만나면 무기력한 SF, 3전 3패!》

《샌프란시스코 자이언츠, 차지혁에게 시즌 3번째 완봉승 헌납!》

《명장 콜 머먼트 감독의 자존심을 번번이 상처 내는 차지혁, 이쯤 되면 천적 관계라 불러도 좋다.》

《차지혁, 애리조나 격파! 시즌 9승 신고하며 LA 다저스 서부 지구 순위 1위 수성!》

《35이닝 무실점! 차지혁 콜로라도 완봉승! 2028 시즌 메이저리그 첫 번째 10승 투수!》

《전통의 강호 보스턴 레드삭스! LA 홈에서 차지혁에게 뜨거운 맛을 보며 패배!》

《새로운 신기록? 2027년 46.1이닝 연속 이닝 무실점 기록에 거의 다다른 차지혁! 24일 샌디에이고 파드리스 전에서 종전 기록을 갱신한 것인가?》

4월 28일부터 이어진 무실점 기록이 5월 19일까지 이어졌다.

시즌 초반부터 1, 2점을 내주는 경기가 워낙 많았기에 연속이닝 무실점 기록에는 신경조차 쓸 수가 없었다.

그러던 것이 어쩌다 보니 어느덧 45이닝 무실점이라는 기록으로까지 이어지고 있었다.

무엇보다도 5월 승률이 완전한 100%를 기록하고 있었다.

4일부터 시작된 선발 경기에서 연승을 기록하며 아직 2경기나 남아 있는 5월 스케줄임에도 벌써 4승을 기록하고 있었으니 무척이나 고무적인 상황이라 부를 만했다.

이런 페이스를 지속한다면 전반기 15승은 무난했다.

후반기 올림픽 대표팀 차출로 보름을 빠짐에도 불구하고

10경기가 배정되어 있었으니 올 시즌 목표로 삼았던 20승은 어렵지 않을 것 같았다.

물론 모든 걸 확신할 순 없다.

갑자기 부상을 당할 수도 있고, 불운이 겹치면서 승수를 쌓지 못할 수도 있으니까.

그리고 당장 다음 경기의 상대인 샌디에이고 파드리스를 상대로 무실점 기록을 이어나갈 수 있을지도 의문이 들었다.

샌디에이고 파드리스를 상대로 첫 번째 선발 경기에서 완봉승을 따내기는 했지만, 이후 2번의 선발 등판 경기에서는 각각 8이닝 2실점과 7이닝 1실점으로 연속 실점을 허용했기 때문이다.

더불어 현재 샌디에이고 파드리스는 내셔널리그 서부 지구 2위로 LA 다저스의 가장 강력한 1위 경쟁자로 등극한 상태다.

이미 대다수의 전문가들은 올 시즌 1위는 LA 다저스나 샌디에이고 파드리스일 거라고 입을 모아 말하고 있을 정도로 샌프란시스코 자이언츠보다 위협적인 존재로 떠올라 있었다.

이런 샌디에이고 파드리스를 상대로 무실점을 기록한다는 건 결코 쉽지 않은 일이었다.

그렇게 모두가 기다리던 24일이 되었다.

*　　　*　　　*

"저번 경기보다 기자들 수가 2배는 많아졌다."

형수가 질렸다는 듯 고개를 절레절레 저었다.

"네가 떨릴 리는 없을 테고. 어때? 오늘 작년 기록 갱신할 수 있을 것 같냐?"

"컨디션은 나쁘지 않아."

"기록 경신을 할 수 있다는 자신감이 팍팍 느껴지네. 5회까지만 무실점으로 막으면 50이닝 무실점 기록이네. 한국에서 네가 세웠던 최고 기록이 57.1이닝이었지?"

"응."

"오늘 8회까지만 막는다고 치면 53이닝. 다음 경기에서 7회까지만 막으면 60이닝으로 메이저리그 신기록에 세계 신기록을 달성하겠군. 오늘 경기는 세계 신기록을 향한 전초전이라는 건데… 오늘 무실점으로 막으면 다음 경기는 진짜 엄청나겠다."

생각만 해도 끔찍하다는 표정을 짓고 있는 형수였다.

"그런데 너 그 공은 언제 던질 거야?"

"아직 멀었어."

"왜? 제구도 되잖아?"

"완벽하지가 않아."

내 말에 형수가 얼굴을 찌푸리며 대꾸했다.

"너처럼 완벽하게 다듬어서 경기에 써먹는 투수가 몇이나 될 것 같아? 대부분 적당히 던질 수 있게 되면 실전을 통해서 제대로 된 공이 되도록 만드는 거 아니냐? 너무 완벽주의자도 인간미 없다. 그리고 솔직히 말해서 저번에 네가 던졌던 공 생각하면 충분하다 못해 넘친다!"

"그래도 아직 아니야."

"어휴! 독한 놈! 네 마음대로 해라. 나 화장실 좀 갔다 올게. 점심을 너무 많이 먹었나? 계속 배가 부글거리네."

다급하게 뛰어가는 형수의 뒷모습을 바라보다 이내 글러브에서 공을 꺼내 들었다.

'괜찮을까?'

5월이 시작되기 직전, 형수와 함께 훈련을 할 때였다.

쐐애애애애애애액!

퍼어어어엉!

"뭐, 뭐야?"

형수가 깜짝 놀란 얼굴로 포수 미트와 나를 번갈아봤다.

"왜? 뭐가 달라?"

내 물음에 형수가 곧바로 고개를 끄덕였다.

"달라! 바, 방금 공이 떠오른 것 같은 느낌이었어!"

"정말 그렇게 느꼈어? 확실한 거야?"

"확실해! 분명 공이 떠올랐어! 너… 설마 알고 던지는 거야?"

형수의 말에 대답보다는 왼쪽 주먹을 불끈 쥐었다.

작년부터 꾸준히 준비를 해왔던 라이징 패스트볼에 대한 희망이 느껴졌다.

물론 사람들이 보편적으로 알고 있는 라이징 패스트볼은 절대 아니다.

형수 역시 떠오른 것 같다 느꼈지만, 실제로는 평소와는 다르게 공이 아래로 떨어지지 않았기에 반대로 떠올랐다 느꼈을 뿐이다.

랜디 존슨의 말처럼 착시 현상에 의한 라이징 패스트볼이라 하더라도 그것을 던지기 위해 지난 1년 동안 상당한 시간을 들여 연구하고 공부하며 훈련을 병행했다.

가장 중요한 건 공의 회전수 증가와 회전 각도를 최대한 정각에 맞추도록 투구 자세를 고치는 일이었다.

초고속 카메라로 현재 내가 던지는 공의 회전수와 회전 각도를 분석하면 좋겠지만, 개인 훈련장에 그 정도의 장비가 구비되어 있지 않았기에 현재로서는 그저 눈으로 확인

할 수 있는 부분으로만 만족할 수밖에 없었다.

"이거 진짜 라이징 패스트볼이야?"

형수가 흥분한 얼굴로 그렇게 물었다.

"아니야."

"아니라고? 분명 떠오는 공이었는데?"

"만화나 소설도 아니고 라이징 패스트볼을 사람이 어떻게 던지겠어?"

"하지만 방금 분명히……."

"평소보다 공의 궤적이 떨어지지 않기에 그렇게 느끼는 것뿐이야."

"그럴 리가 없는데? 분명히 마지막에 공이 떠올랐는데?"

"다시 받아봐."

"좋아! 던져!"

자리에 앉은 형수는 두 눈을 부릅뜬 상태로 미트를 벌리고 있었다.

천천히 호흡을 가다듬고 와인드업을 한 상태에서 힘껏 공을 던졌다.

쐐애애애애애애액!

같은 포심 패스트볼임에도 평소보다 공이 힘 있게 날아갔다.

두 눈을 부릅뜨고 있는 형수의 포수 미트를 뚫고 나갈 것과 같은 파열음이 터져 나왔다.

퍼어어어엉!

미트를 내밀고 있는 그 자세에서 얼음이 된 형수가 가만히 고개를 갸웃거렸다.

그 모습만으로도 충분히 짐작이 갔다.

"아니지?"

내 물음에 형수가 연신 고개를 갸웃거리며 입을 열었다.

"미묘하게 이상하네. 확실히 일반적인 포심보다는 궤적이 훨씬 높은 것 같은데……."

"정확하게 떠오른다는 느낌이 없는 거지?"

"응."

"라이징 패스트볼은 어차피 인간이 던질 수 없는 공이야. 상상 속에서나 존재하는 허구의 구종이야."

"그래도 방금 이 정도의 패스트볼이면 타자 입장에서는 라이징 패스트볼이나 다름없다고 느낄 거야. 보통의 패스트볼이 날아오는 공의 궤적에서 확실하게 높은 편이니까. 헛스윙이나, 배트에 걸린다 하더라도 뜬공이 될 확률이 무척 높겠어."

"그렇겠지."

담담한 내 말과 다르게 형수는 다시금 흥분한 어조로 말했다.

"일반적인 패스트볼에 지금의 패스트볼을 섞어서 던지면 타자 입장에서는 진짜 미치겠다! 괴물 같은 새끼! 언제 이런 엄청난 공을 연습한 거야? 아니, 그것보다도 어깨나 팔은 괜찮은 거야? 아무리 너라고 하더라도 이런 공을 그냥 막 던질 수 있는 건 아닐 텐데."

그렇지 않아도 손목에 살짝 부담이 가기는 했다.

평소보다 공의 회전 각도를 정각에 맞춰야 한다는 생각에 손목이 자연스럽게 살짝 틀어질 수밖에 없었고, 그에 따른 부담이 고스란히 손목으로 전해지니 사실상 지금과 같은 패스트볼을 한 경기에서 수십 개씩 던지기란 어려운 일이었다.

설령 계속해서 던질 수 있다 하더라도 던질 이유가 없기도 했다.

굳이 노출 빈도를 늘려서 타자들에게 익숙하게 만들 필요는 없었다.

무엇보다 가장 중요한 건 손목에 부담을 가중시켜서는 안 된다는 점이다.

사람들이 마구라 불리는 공을 던질 수 있으면 뭘할까?

부상을 당하면 아무짝에도 쓸모가 없어지는걸.

"랜디 존슨하고 그렇게 비밀스럽게 연습하던 게 라이징

패스트볼이었어?"

형수의 물음에 나는 고개를 저었다.

이건 어디까지나 신구종을 던지기 위해 거쳐 가야 할 과정일 뿐이었다.

"도대체 얼마나 대단한 공을 던지려는 건지. 하여간 넌 이해 불가, 상식 파괴의 괴물이야. 라이징 패스트볼이야 그렇다 치고, 12—to—6 커브는 도대체 언제 던질 건데? 또 포스트 시즌에 깜짝쇼를 할 생각이냐?"

"아니. 그건……."

＊　　　＊　　　＊

"맙소사! 바, 방금 뭐야?"

"분명해! 커쇼의 12—to—6 커브였어!"

"척이 언제부터 12—to—6 커브를 던질 수 있었던 거야?"

"저것 봐! 벅스턴도 멍한 얼굴로 척을 바라보고 있잖아."

숨 막힐 것 같았던 팽팽한 대결이 허무하다 싶을 정도로 싱겁게 끝나 버렸다.

차지혁의 공을 무려 5개나 커트를 해내며 9구까지 가는 끈질긴 승부를 벌이던 바이런 벅스턴이었지만, 하늘에서

뚝 떨어지듯 스트라이크 존을 통과하는 전혀 예상하지 못했던 커브에 멍하니 루킹 삼진을 당하고 말았다.

—우와아아아아아!

잠시 정적으로 물들었던 경기장이 언제 그랬냐는 듯 흥분으로 소란이 일었다.

"척! 척! 척! 척! 척!"

맥주를 들고 있던 백인 남자의 열정적인 외침이 순식간에 전염병처럼 경기장을 가득 채우고 있는 관중들에게 퍼지며 다저 스타디움이 들썩일 정도의 함성으로 변했다.

어느 누구도 예상하지 못했던 새로운 구종의 등장은 관중들에게는 즐거움이 되었고, 샌디에이고 파드리스 타자들에게는 불행이 되었으며, 쉬지 않고 노트북을 두드리는 기자들에게는 엄청난 활력을 불어 넣었다.

타다다닥. 타다다닥. 타닥타닥.

기자들의 손이 바쁘게 움직였다.

차지혁의 새로운 구종의 등장, 바이런 벅스턴을 삼진으로 돌려세우면서 작년에 세웠던 46.1이닝 연속 무실점 기록의 재연까지 실시간으로 인터넷을 통해 기사를 올려야만 하는 기자들은 바쁘게 타이핑을 했다.

"휴우~ 이제는 12—to—6 커브까지 장착을 한 건가? 도대체가 끝을 알 수가 없군!"

혹인 기자의 말에 바로 옆 테이블에 앉아 있던 차동호 기자가 기분 좋은 미소를 지었다.

괜히 뿌듯했다.

주변 기자들의 놀란 시선과 감탄사를 들을 때마다 자신이 칭찬을 받은 것만 같았다.

"설마 운은 아니었겠죠?"

곁에 앉아 있는 후배 기자의 조심스러운 물음에 차동호 기자가 피식 웃었다.

"차지혁 선수 성격이라면 저건 자신 있게 던질 수 있다는 뜻이야."

"그렇겠죠? 그럼 이제 커브만 두 종류를 던지게 되는 거네요?"

"그렇지."

"이야~ 말이 안 나오네요. 무엇보다도 던지기 쉽지 않다는 12—to—6 커브를 저렇게 완벽하게 구사할 정도라니. 오늘 정말 신기록 나오겠는데요?"

후배 기자의 말에 차동호 기자는 고개를 저었다.

"오늘이 중요한 게 아니야. 어쩌면 다음 선발 등판에서 차지혁 선수는 메이저리그의 새로운 역사를 기록하게 될지도 몰라. 아니, 분명 새로운 신기록을 달성하게 될 거야. 차지혁이니까."

강한 믿음이었다.

그런 믿음에 보답이라도 하듯 차지혁은 알렉스 잭슨에게
도 12—to—6 커브를 다시 한 번 보여주며 루킹 삼진을 이
끌어냈다.

"좋았어! 새 기록이다!"

후배 기자는 재빨리 노트북에 기사를 작성해서 인터넷에
올리기 시작했다.

미국뿐만 아니라 한국, 일본 등 차지혁에 대한 관심이 높
은 국가에서는 실시간으로 기사가 올라가느라 정신이 없었
다.

빠르게 기사를 작성하던 후배 기자가 약간 흥분한 음성
으로 물었다.

"이러다가 오늘 경기 퍼펙트게임 나오는 거 아닐까요?"

이제 고작 2회였지만, 투수가 차지혁이니 충분히 퍼펙트
게임에 대한 기대감을 가져 볼 만했다.

작년엔 무려 3번씩이나 퍼펙트게임을 달성했지만, 올 시
즌에는 아쉽게도 몇 번이나 기회를 날리고 말았다.

6번의 완봉승 가운데 1피안타를 기록한 경기가 무려 3번
이나 됐으니 오늘 경기에서 퍼펙트게임을 기록한다고 크게
놀라울 건 없었다.

언제부턴가 다른 투수들에게는 평생에 한 번 있을까 말

까 한 퍼펙트게임이 차지혁에게는 시즌에 한두 번은 있어
야 하는 게 아닌가 싶을 정도로 익숙해져 있었다.

무엇보다 놀라운 건 이제 갓 데뷔 시즌을 끝내고 2년 차
에 들어선 투수에게 이런 인식이 심어졌다는 사실이다.

메이저리그 역사에 이런 투수가 또 있었던가?

단연코 없다.

다른 것도 아니고 경기 때마다 퍼펙트게임을 기대하게
만드는 투수가 있을 리가 없다.

말도 안 되는 기록들이 즐비한 데드볼 시대라도 마찬가
지다.

30승 이상 승리를 거두고, 300이닝을 우습게 던지던 투
수들은 많았지만, 매 경기마다 퍼펙트게임에 대한 기대를
갖게 만드는 투수는 없었다.

그렇게 생각하니 차지혁이 얼마나 대단한 투수인지 새삼
깨닫게 되었다.

차동호 기자는 문득, 차지혁이 과연 은퇴하기 전까지 얼
마나 많은 퍼펙트게임을 기록하게 될지 궁금해졌다.

"다른 것도 아니고 퍼펙트게임 횟수가 기대되는 투수가
있을 줄이야."

스스로 생각하고도 참 황당해서 웃음이 절로 나오는 차
동호 기자였다.

　　　　　*　　　　*　　　　*

　타석에 들어서는 바이런 벅스턴은 마운드 위에 서 있는 차지혁을 바라보며 굳게 다짐했다.

　무슨 수를 써서라도 1루 베이스를 밟는다.

　스스로 생각해도 어처구니없을 정도로 초라한 다짐이었다.

　메이저리그 최고의 타자로 수년을 우뚝 서 있었던 자신이었다.

　지금까지 야구를 하면서 어느 누구도 부럽지 않았고, 무섭지 않았다.

　세계 최고의 리그인 메이저리그에서 정점에 올라서서 가장 많은 연봉을 받았던 자신이니 당연한 일이었다.

　리그 최고의 투수라 하더라도 안타나 홈런을 칠 자신이 있었다.

　언제나 그 자신감은 현실로 이어졌다.

　그럴 수 있었기에 메이저리그에서 최고의 자리에 올라설 수 있었던 거다.

　그런 자신이 메이저리그 2년 차의 루키 투수를 상대로 안타나 홈런도 아니고 1루 베이스만 밟겠다는 다짐이라니.

쓴웃음이 나왔고, 속에서 화도 치밀어 올랐지만, 현실이 그랬다.

앞선 두 타석에서 삼진만 당했다.

타자로서 가장 치욕스러운 루킹 삼진과 헛스윙 삼진을 당했다.

'이번에는 절대 속지 않는다.'

바이런 벅스턴은 두 눈에 힘을 주고 차지혁을 바라봤다.

차지혁이 던지는 모든 구종은 다 위협적이다.

리그 최정상급이거나, 최고 수준에 이르러 있었다.

고작 20살의 어린 투수라고는 생각할 수 없는 수준이다.

그래도 패스트볼 계열의 공들만 던지기에 어느 정도 타이밍만 잡고 들어가면 타격에 성공할 자신이 있었다.

이전 경기까지만 하더라도 분명 그랬고, 상대 전적은 좋지 않아도 자신감이 떨어지는 일은 없었다.

그런데 오늘 경기에서 차지혁은 믿기지 않는 구종을 꺼내 들었다.

그것도 이전까지 패스트볼 계열이었던 것들과 완전히 상반되는 구종이다.

덕분에 동료 타자들도 모두 혼란에 빠져 제 기량을 전혀 발휘하지 못하고 있었다.

'여기서 내가 다시 한 번 삼진을 당하거나 아웃이 된다면…….'

퍼펙트게임을 당할지도 모른다는 불안감이 엄습했다.

그렇기에 어떻게든 바이런 벅스턴은 1루 베이스를 밟아야만 했다.

이적생 신분이라지만 팀 내 가장 많은 연봉을 받고 있는 선수로서 연봉값은 해줘야만 한다는 강박관념마저 생겨나 있었다.

'패스트볼만 노린다!'

스트라이크 카운트를 내준다 하더라도 12—to—6 커브는 버리기로 작정했다.

마지막 스트라이크를 잡기 위해 결정구로 던질지 모르니 2스트라이크가 되기 전에 승부를 봐야 한다는 조급함도 생겼지만, 일찌감치 패스트볼만 노리고 배트를 휘두르겠다고 다짐하니 없던 자신감도 살짝 들었다.

'와라! 패스트볼이 스트라이크 존 안으로 들어오기만 한다면!'

자세를 잡고 서니 마운드 위에서 차지혁이 초구를 던졌다.

"……!"

퍼엉!

"스트라이크!"

초구부터 12-to-6 커브가 들어올 줄이야!

살짝 당황했지만, 바이런 벅스턴은 오히려 마음이 차분하게 가라앉았다.

'두 번째 공은 패스트볼이겠지! 와라! 넘겨주마!'

자세를 잡고, 배트를 잔뜩 말아 쥐었다.

모든 힘을 응축해서 타구를 담장 밖으로 멀리 날려 버리겠다는 일념 하나로 모든 신경을 집중하고 있는 바이런 벅스턴을 향해 차지혁이 2구를 던졌다.

"……!"

퍼엉!

"스트라이크!"

패스트볼을 노리고 스윙을 준비했던 바이런 벅스턴은 두 눈이 튀어나올 정도로 놀란 얼굴로 포수 미트를 바라봤다.

두 번째 공도 예상을 완전히 빗나가는 12-to-6 커브였다.

"후우우. 후우우."

타석에서 벗어나 크게 심호흡을 하며 바이런 벅스턴은 마운드 위에 서 있는 차지혁을 죽일 듯 노려봤다.

담담한 표정이지만, 그 표정 뒤에 자신을 얼마나 비웃고 있을지 생각하니 저절로 이가 갈렸다.

초구에 이어 두 번째 공도 12−to−6 커브를 던졌으니 세 번째 공은 유인구 내지는 패스트볼이 확실했다.

'건방진 놈! 네놈의 코를 납작하게 만들어 주마!'

타석에 서서 세 번째 공을 기다리는 바이런 벅스턴, 그리고 그런 그를 향해 공을 던지는 차지혁.

스트라이크 존을 넓게 보고 패스트볼은 무조건 친다는 생각을 가지고 있던 바이런 벅스턴에게 날아온 세 번째 공은 놀랍게도 또다시 12−to−6 커브였다.

부− 웅!

퍼엉.

"스윙! 타자 아웃!"

배트가 허공을 가르는 모습을 보며 바이런 벅스턴은 저도 모르게 외쳤다.

"Fuck!"

완전히 농락을 당한 바이런 벅스턴은 그 자리에서 나무 배트를 무릎으로 두 동강 내버리고는 씩씩거리며 마운드 위에 담담히 서 있는 차지혁을 노려봤다.

주심이 뭐라고 떠들어대며 경고를 줬지만 신경도 쓰이지 않았다.

동료 선수에게 등 떠밀려 더그아웃으로 들어오며 바이런 벅스턴은 생각했다.

오늘 경기가 자신의 야구 인생에 있어 가장 치욕스러운 경기가 될 것 같다고.

그리고 바이런의 예상대로 그날 경기는 차지혁에게 시즌 첫 번째 퍼펙트게임을 안겨주었다.

Chapter 6

"으ㅎㅎㅎㅎㅎㅎ!"

저렇게나 좋을까?

"연습 안 해?"

내 말을 가볍게 무시하며 형수는 손목에 찬 반짝이는 금
장 시계를 연신 바라보며 좋다고 웃었다.

"하아아아~!"

입김을 크게 불어 넣고 깨끗하게 닦아내는 형수의 행동
을 보며 고개를 저었다.

벌써 몇 번째 저러는 건지.

저러다가 시계에 구멍이라도 나지 않을까 싶었다.

"크으~ 역시 남자는 시계란 말이야! 어떠냐? 내 손목이 좀 럭셔리해진 것 같지 않아? 이번 시계는 저번에 받았던 것보다 훨씬 괜찮지? 여자들이 아주 끔뻑 죽겠지? 흐흐흐!"

손으로 턱을 만지며 대놓고 시계를 자랑하는 형수였다.

퍼펙트게임 기념으로 형수가 받은 롤렉스 시계다.

퍼펙트게임 때마다 시계는 자기가 사겠다고 했던 황병익 대표는 아니나 다를까, 퍼펙트게임이 끝난 다음 날 곧바로 시계를 사왔다.

솔직히 어느 투수가 퍼펙트게임을 이렇게 많이 달성했겠는가?

덕분에 황병익 대표에게 미안해서 앞으로는 내가 사겠다고 했지만, 그는 아니라는 듯 손사래를 치며 웃었다.

"차지혁 선수가 부담 가질 필요 절대 없습니다. 이건 우리 에이전시의 자랑입니다. 차지혁 선수가 매 경기마다 퍼펙트게임을 달성해도 웃으면서 시계를 살 수 있으니 그런 걱정은 하지 마십시오."

그렇게 말하며 사온 롤렉스 시계는 작년 형수에게 처음으로 선물을 했던 시계보다 훨씬 더 고가의 제품이었다.

황벽인 대표의 말에 의하면 고등학교 시절부터 함께 짝을 맞춰왔던 절친한 친구에게 주는 첫 번째 선물이 너무 평범한 것이었기에 두 번째라도 더 좋은 것을 선물해야겠다고 다짐을 하고 있었다고 했다.

덕분에 형수는 무려 한화로 1억에 이르는 고가의 호화스러운 시계를 손목에 착용하게 됐다.

물론, 나 역시 형수가 받은 시계보다 3배나 더 비싼 시계가 있기는 했지만 솔직히 아직까지도 손목에 몇 억이나 되는 시계를 차고 다닌다는 게 영 불편해서 한국 부모님 집에 고이 모셔만 두고 있는 상태였다.

"시계가 너무 고급스러우니까 기존의 옷들은 좀 어울리지 않겠는데? 휴식일에 시계에 맞는 정장이랑 구두 좀 사야겠다."

시계 하나 때문에 옷과 구두를 사겠다니.

"명품으로 사야 할 텐데. 지혁아, 너 혹시… 아니다. 됐다."

형수는 나를 바라보다 이내 피식 웃고는 말을 말았다.

"왜?"

"너처럼 멋대가리 없는 놈이 명품을 알겠냐? 그 비싼 시계를 집에만 꽁꽁 숨겨두고 저가의 전자시계나 차고 다니는 놈한테 내가 뭘 묻겠냐."

"30만 원짜리 시계거든."

"어이구! 작년에만 800억을 넘게 번 갑부가 무려 30만 원짜리 전자시계를 차고 다니셨어요? 제가 몰라봤습니다!"

"……."

"너 인마, 그렇게 돈 벌면서 쓰지도 않으면 사람들이 욕한다. 버는 만큼 돈을 써야지 경제도 돌아가는 거야. 그렇게 아끼면 사람들이 '아~ 저 사람은 참 검소하네~' 이러면서 칭찬이라도 해줄 것 같아? 천만에! '돈도 많이 버는 놈이 왜 저러고 살아? 진짜 있는 놈이 더하네!' 이런다. 괜히 품위 유지비가 있는 게 아니야. 이건 자랑이 아니라, 스스로의 가치를 유지하는 일이라고. 곰곰이 생각해 봐. 있는 사람들이 왜 다 삐까뻔쩍하게 입고 다니고 먹는지. 내가 정당하게 내 힘으로 번 돈을 내 마음대로 쓰는 건 정당한 일이고, 솔직히 그러기 위해서 돈 버는 거 아니냐? 너도 신경 좀 써라."

요즘 들어 잔소리가 많아진 형수였기에 알겠다며 대충 넘겨들으며 개인 훈련을 시작했다.

시계에 정신이 팔려 있던 형수도 어느새 훈련을 시작했고, 점심이 다 되어서야 흠뻑 땀을 흘리고 난 나와 형수는 각자 샤워를 하고 점심을 먹었다.

"너 콜로라도 원정에서는 어쩔 생각이냐? 거기서는 커브가 다저 스타디움만큼 구사가 되지 않을 텐데. 무엇보다 대기록의 제물이 되지 않으려고 콜로라도 타자들이 어떻게든

5회가 지나가기 전에 점수를 내려고 눈이 벌게져서 덤벼들 거 생각하면 무슨 대책이라도 세워야 하는 거 아냐?"

"그냥 평소대로 하는 거지 뭐."

"그래도 그건 아니지. 이게 보통 기록이냐? 40년 만의 기록이고, 솔직히 여기서 네가 얼마나 더 기록을 쌓느냐에 따라서 향후 100년이 지나도 다시 깨지지 않을 불멸의 기록으로 남을지도 모르는데. 대책 정도는 당연히 세워야 하질 않겠어?"

열변을 토하는 형수의 모습에 그저 웃고 말았다.

"그렇게 웃지만 말고! 어차피 쿠어스 필드에서는 변화구보다는 패스트볼 승부를 벌이는 게 더 낫잖아? 그러니까 그걸 던지자! 패스트볼 구속도 더 잘 나오는 곳이니까 결정구로 한 번씩만 섞어서 던지면 콜로라도 타자들 완전 당황하지 않겠어? 거기에다 대기록을 달성한 라이징 패스트볼! 크으~ 완전 전 세계가 깜짝 놀라겠다!"

흥분한 얼굴로 밥알까지 튀겨가며 과도한 리액션을 보여주는 형수였다.

"생각해 보고."

"생각하고 자시고 할 게 어딨어? 그냥 던져! 내가 확실하게 잡아줄 테니까! 이왕이면 나도 2연속 퍼펙트게임 포수 좀 되어보자. 엊그제 퍼펙트게임 했을 때, 토렌스 표정 봤지? 흐흐!"

애도 아니고 몸살감기로 컨디션이 떨어져 있는 토렌스를 상대로 그러고 싶냐는 말을 해주려다 입을 다물었다.

"그런데 너 정말로 황 대표가 했던 제안은 생각이 없는 거냐?"

롤렉스 시계를 사온 황병익 대표는 내게 한 가지의 제안을 했다.

나이키에서 나에게 후원 계약을 제안했다는 거다.

거기에 나를 메인 모델로 삼고 새로운 캐릭터 브랜드를 런칭하겠다는 뜻까지 밝혔다.

쉽게 설명하면 에어 조던(Air Jordan)과 같은 걸 다시 한 번 만들겠다는 말이었다.

상식적으로 야구화를 평상시에도 신고 다닐 순 없으니 조던 시리즈처럼 엄청난 성공을 생각할 순 없다. 그러나 단순히 야구화뿐만 아니라 의류, 운동화, 모자 등으로 확장시키면 분명 또 하나의 캐릭터 브랜드가 생겨날 수도 있는 일이었다.

더욱이 다른 곳도 아닌 세계 최고의 스포츠 브랜드사인 나이키였으니 그 성공 가능성은 무척이나 높을 수밖에 없었다.

"네가 울 스포츠를 대표하는 모델이고 대표 주주인 건 사실이지만 그렇다고 거기에만 얽매일 필요는 없잖아? 솔직히 네가 나이키 후원을 받아들인다 하더라도 울 스포츠와 계약 위반이 되는 것도 아니고, 이렇게까지 울 스포츠를 키워놨는데 뭐라고 하면 그것도 웃기는 일이잖냐. 후원 규모도 그렇고 무엇보다 널 메인 모델로 새로운 브랜드까지 만들겠다는데 이 정도면 오히려 네가 고맙다고 해야 하는 거 아니냐? 너도 알지? 조던 시리즈로 아직까지도 매년 마이클 조던이 얼마나 많은 로열티를 받고 있는지. 네가 지금은 돈에 대한 욕심이 없어도 운동선수는 언제 어떻게 될지 아무도 모르는 거잖아? 다른 것도 아니고 스포츠 브랜드 후원을 계속해서 거부하는 건 스포츠 스타로서 좀 아니라고 본다."

황병익 대표에게도 들었던 말이다.

나이키의 조건이라면 울 스포츠의 성대준 대표도 납득을 할 수밖에 없을 거라고.

"아직은 모르겠어."

당장은 결정할 수가 없는 문제다.

지금은 시즌 중이고, 이틀 후에는 콜로라도 로키스와의 원정 경기에도 선발로 등판해야 한다.

형수에게 했던 말과는 다르게 솔직히 대기록에 대한 심적 부담이 생각보다 심해지고 있었다.

형수 앞에서는 아무렇지도 않게 대답했지만, 콜로라도

원정, 그것도 투수들의 무덤이라 불리는 쿠어스 필드에서의 투구를 어떻게 가져가야 할지 그것만 생각하기에도 머리가 복잡한 상태였다.

"누릴 수 있을 때 누리라는 말만 기억해라."

*   *   *

"시간이 된다고요?"

―역사적인 날이 될지도 모르는데 어떻게 빠지겠어요? 아, 혹시 부담이 됐다면 미안해요. 척에게 부담을 주려고 한 말은 아니에요.

"나도 알아요. 안젤라가 그날 경기장에 온다고 하니 해둘 말이 있어요."

―무슨 일이라도 있나요?

"그날 부모님께서도 경기장에 오시기로 했어요."

―정말요? 잘됐네요. 언제 오시는데요? 이왕이면 경기 전에 미리 만나 뵙고 식사라도 하고 함께 척을 응원하면 좋을 것 같네요.

"예?"

―뭘 그렇게 놀라는 거예요? 아, 척이 없는 상황에서 척의 부모님과 내가 만나는 게 한국에서는 예의에 어긋나는

건가요?

"아뇨. 그런 게 아니라, 안젤라의 말이 의외라서요. 보통은 그러지 않잖아요. 내가 있어도 우리 부모님을 만난다는 게 쉽지 않은데, 내가 없는 자리라면 대부분은 피하는 게 자연스러운 반응이니까요."

―그런 거라면 걱정하지 않아도 되요. 척의 부모님이면 제게도 부모님이나 마찬가지잖아요. 학창 시절부터 친구들 부모님 찾아뵙는 걸 좋아해서 딱히 부담스럽다거나, 불편한 건 없어요. 다만, 척의 부모님이 미국인이 아니라 언어 문제랑 문화적인 차이 때문에 조금 걱정이 되긴 하지만요.

"언어적인 부분은 어느 정도 간단한 대화는 될 거에요."

―다행이네요. 그럼 부모님과 상의를 해서 약속을 정하고 다시 내게 알려줘요.

콜로라도 원정 경기는 미국뿐만 아니라 전 세계의 관심을 받고 있었다.

새로운 대기록이 달성될지도 모르니 당연한 반응이었다.

덕분에 한국에서도 부모님이 직접 경기를 응원하기 위해 오시기로 했는데, 안젤라까지도 날 응원하기 위해 스케줄까지 취소했다고 하니 고맙기도 하고, 한편으로는 나를 응원해 주는 사랑하는 사람들을 위해 좋은 경기가 되어야 할 텐데 하는 걱정도 들었다.

우선은 부모님께 전화를 드려 안젤라와 통화한 내용을
알려드렸다.

두 분 모두 무척이나 반가워하셨다.

딱히 말은 하지 않았지만 아마도 안젤라에 대한 궁금증
이 굉장히 컸던 모양이었다.

황병익 대표를 통해서 부모님과 안젤라가 만날 장소를
알아봤고 시간도 맞췄다.

경기도 경기지만, 내가 없는 자리에서 부모님과 안젤라
가 첫 만남을 가진다고 하니 무척이나 신경이 쓰였다. 그나
마 위안거리라면 황병익 대표가 직접 부모님과 안젤라의
만남을 주선하며 만남 장소부터 경기장까지의 모든 부분을
책임져 주기로 했다는 사실이다.

부모님은 안젤라를 어떻게 생각할까?

마찬가지로 안젤라 역시 우리 부모님을 어떤 시선으로
보게 될까?

온갖 생각이 머릿속에서 둥둥 떠다녔고, 혹시라도 양쪽
모두 서로를 좋아하지 않으면 어쩌나 하는 걱정으로 한참
을 뒤척거리다 잠을 잘 수 있었다.

그리고 이틀 뒤.

아침부터 떠들썩한 날이 시작됐다.

TV, 인터넷, 신문 할 것 없이 온통 나에 대한 이야기로 미국 전역이 시끄러웠다.

당연히 한국 역시 마찬가지였다. 그러나 그런 시끄러운 상황 속에서도 내 머릿속을 가득 채우고 있는 건 부모님과 안젤라의 첫 만남이었다.

혹시라도 안젤라가 실수를 하지는 않을까, 부모님이 문화적 차이를 생각하지 못하고 안젤라에게 해선 안 되는 말이나 행동을 하는 건 아닐까 등등 걱정이 하나둘 쌓여 머릿속이 무겁게 느껴질 정도였다.

일이 이렇게까지 될 줄 알았다면 차라리 부모님과 안젤라를 경기 후에 나와 함께 만날 수 있도록 하는 건데 하는 후회가 들었다.

"그러다가 너 경기 망친다. 부모님도 그렇고 안젤라도 그렇고 아무런 문제도 없을 거니까 쓸데없는 걱정하지 말고 경기에만 집중해. 황 대표도 함께 있다면서? 말이 통하지 않아서 오해가 생길 일도 없으니까 너무 예민하게 생각하지 마라. 너 그러다가 경기 망치면 부모님이나 안젤라가 두고두고 얼마나 후회를 하겠냐?"

형수의 따끔한 말에 그제야 정신이 번쩍 들었다.

부모님과 안젤라의 관계야 나중에라도 다시 되돌릴 수 있지만, 오늘 경기는 두 번 다시 되돌릴 수가 없다는 걸 생각하니 마음이 차분해지고 경기에만 집중할 수 있게 됐다.

그렇게 컨디션을 조절하고 몸을 풀었을 때, 식사를 함께 하고 경기장에 도착한 부모님과 안젤라가 구단의 배려로 날 찾아왔다.

내 걱정이 괜한 기우였고, 쓸모없는 생각이었다는 걸 확인이라도 시켜주듯 안젤라는 어머니의 손을 꼭 잡고 내 앞에 나타났다.

"얼굴이 왜 이렇게 까칠해? 어디 안 좋은 거야?"

어머니의 말에 차마 내가 어떤 걱정을 했는지 대답할 수가 없었다.

스스로 생각해도 너무 한심하고 바보 같았으니까.

"괜찮아요. 식사는 잘하셨어요?"

"너무 맛있게 잘 먹었다. 황 대표도 그렇고 안젤라 양도 그렇고 오랜만에 아주 즐거운 식사 자리라서 시간 가는 줄 몰랐다."

쉽게 볼 수 없는 아버지의 기분 좋은 대답에 내 시선이 저절로 안젤라에게로 향했다.

그녀가 어떤 말을 하고 어떤 행동을 했는지는 알 수 없지만 분명한 건 부모님의 마음에 쏙 들었다는 사실이다.

마음만 같아서는 따뜻하게 안아주고 싶었지만 차마 부모님이 보는 앞에서는 그럴 용기가 나지 않았기에 고맙다는 눈빛만 전해주었고, 안젤라 역시 내 눈빛의 의미를 알아들었는지 예쁘게 웃음을 지었다.

"오늘 경기 잘해요. 사람들 시선은 생각하지 말고 지금까지 그래왔던 것처럼 척의 방식대로 척만이 보여줄 수 있는 그런 경기를 해요. 설령 결과가 좋지 않아도 척은 아직 메이저리그 2년 차의 투수라는 걸 생각해요."

안젤라의 응원에 저절로 힘이 났다.

아버지는 언제나처럼 과묵하게 내 어깨를 다독이는 것으로 날 응원했고, 어머니는 내 얼굴을 몇 번이나 쓰다듬으며 몸이 아프지 않느냐는 걱정만 하셨다.

"참, 지아가 경기장에 직접 와서 응원해 주지 못해서 미안하다고 전해달래."

경기 시간이 되어 부모님과 안젤라는 구단에서 직접 마련해 준 관람석으로 향했고, 나는 최종 점검을 마치고 클럽하우스로 향했다.

＊　　　＊　　　＊

경기가 시작됐다.

콜로라도 로키스의 선발 투수는 작년에 이어 올 시즌에도 에이스 자리를 굳건하게 지키고 있는 카터 노드윈드였다.

부상으로 작년 시즌 3, 4월을 통째로 날리고도 시즌 13승을 거둔 카터 노드윈드는 특히 쿠어스 필드에서만 무려 9승, 평균자책점 2.32라는 빼어난 기록으로 왜 쿠어스 필드의 철벽이라 불리는지를 입증했다.

덕분에 오늘처럼 많은 언론과 야구팬들의 관심을 받는 경기에서 가장 만나기 싫은 투수를 상대해야 하는 LA 다저스 타자들의 얼굴은 그리 밝지 않았다.

물론 오늘 선발 투수가 카터 노드윈드라는 사실에 누구보다 즐거워하는 사람도 있었다.

"오늘 경기 긴장하지 말고 마음 편안하게 던져라. 내가 득점 지원 팍팍 해줄 테니까. 흐흐!"

다른 타자들과 다르게 형수만이 마운드 위에 서 있는 카터 노드윈드를 바라보며 싱글벙글 웃고 있었다.

4연타석 홈런의 재물, 장형수라는 이름을 메이저리그에 제대로 알린 작년 경기에 대한 짜릿한 쾌감이 아직까지도 형수의 몸에 남아 있는 듯 보였다.

'아침부터 기분이 좋더니 다 이유가 있었네.'

여기에 투수들에게는 무덤이지만, 타자들에게는 천국이나 다름없는 쿠어스 필드에서 형수 역시 성적이 굉장히 좋은 편이었다. 그렇기에 녀석의 자신감이 하늘을 찌를 듯 치솟아 있는 것도 충분히 이해가 갔다.

분명 카터 노드윈드는 타석에 들어서는 형수를 상대로 작년의 굴욕이 떠오를 것이고, 어떤 식으로든 작년의 일을 되갚아주려고 할 것이 뻔했다.

하지만 투수는 냉정해야만 한다.

조금이라도 흥분해서 섣부르게 공을 던졌다가는 작년의 일이 다시 한 번 되풀이되는 지옥을 경험할 수도 있다.

그리고 무엇보다 형수라면…….

'타석에 들어서면서부터 카터 노드윈드를 자극시키겠지.'

실실거리며 웃고 있는 형수의 모습을 보아하니 내 생각이 왠지 맞을 것만 같았다.

가끔 타자들은 타석에 들어서면서부터 투수를 자극하는 행동이나 표정을 드러내기도 하는데, 매너 없는 짓이라고 욕을 먹을 순 있어도 반칙은 아니었기에 당하는 쪽이 결국은 바보가 될 뿐이다.

일종의 타자와 투수 간의 심리 싸움이라고 보면 된다.

내가 아는 형수라면 그런 쪽으로는 꽤 머리가 굴러가는 녀석이었다.

딱히 특별한 행동을 할 필요도 없다.

타석에 들어서면서부터 카터 노드윈드를 바라보며 실실 웃으면서 얕잡아 보는 듯한 눈빛으로 거만을 떨면 그만이다.

주전 자리도 확실하게 꿰차지 못한 백업 포수가 쿠어스 필드의 철벽이라 불리며 콜로라도 로키스의 에이스에게 자신감을 드러낸다는 것만으로도 이미 심리적으로 크게 앞설 수밖에 없다.

'카터 노드윈드가 그런 도발에 넘어가지 않는다면 아무 소용도 없겠지만.'

결과는 지켜보면 알게 될 일이다.

1회 초, LA 다저스의 공격은 역시 카터 노드윈드의 높은 마운드의 벽을 넘지 못했다.

내야 땅볼 2개와 외야 뜬공 하나로 깔끔하게 3명의 타자만 상대하고 마운드를 내려가는 카터 노드윈드의 얼굴엔 자신감이 가득했다.

"흐흐흐."

어느새 포수 장비를 모두 착용한 형수가 내 옆에서 음침하게 웃고 있었다.

두 눈동자는 카터 노드윈드에게 완전히 꽂혀 있었고, 한쪽 입꼬리만 살짝 올리고 있는 모습을 보니 대충 무슨 생각을 하고 있을지 묻지 않아도 알 것 같았다.

마운드로 향하는 나를 향해 LA 다저스 원정팬과 콜로라도 로키스 홈팬 중 일부가 자리에서 일어나서 큰 환호성과 함께 박수를 쳐 주었다.

특히 원정팬들은 저마다 각양각색의 피켓을 들고 있었는데, 그 내용들은 대부분 하나로 이어졌다.

신기록 달성!

마운드에 올라서자 거짓말처럼 관중들이 조용해졌다.

본래 야구장은 항상 소란스럽다.

경기 시간보다 늦게 입장하는 관중, 야구보다는 먹는 것에 관심이 더 많아서 스낵 코너를 왔다 갔다 하는 관중, 경기 시작 전부터 얼큰하게 취한 관중, 부모의 통제에서 벗어나 이리저리 뛰어다니며 떠드는 아이들까지 야구장은 절대 조용한 곳이 아니다.

그런데 오늘 경기는 달랐다.

경기가 시작되기 10분 전부터 모든 관중들이 입장을 했고, 벌써부터 취한 관중이나 부모의 통제를 벗어나서 뛰어다니는 아이들, 야구보다 먹는 것에 더 관심이 많은 관중의 모습이 거의 보이질 않았다.

오늘 경기 티켓 가격이 인터넷에서는 정상 가격보다 무려 열 배 이상 폭등했다는 말이 있었다.

그만큼 오늘 경기에 대한 관심이 높았다.

단순히 야구를 보며 시간을 즐기겠다는 관중들이 아닌, 역사적 기록의 한 장면을 자신의 눈으로 직접 보고 말겠다는 진정한 야구광들이 경기장을 찾은 거다.

고요한 분위기 속에서 가볍게 연습 투구를 했다.

아침까지만 하더라도 결코 좋다고 할 수 없었던 컨디션
이 지금은 상당히 좋아져 있었다.

부모님과 안젤라의 다정했던 모습, 그들의 진심 어린 응
원과 격려가 내 마음을 편안하게 만들어줬기 때문이다.

연습 투구를 마치고 나자 대기 타석에서 배트를 휘두르
며 타이밍을 맞추고 있던 콜로라도 로키스의 1번 타자 사토
시 준이 비장한 표정으로 타석에 들어섰다.

콜로라도 로키스의 믿음직스러운 리드오프로 작년 루키
시즌(타율 0.304, 출루율 0.376, 86득점, 52도루)을 굉장히 성
공적으로 보낸 사토시 준이었지만, 내 앞에만 서면 한없이
초라하고 작아졌다.

오죽했으면 한국에서는 '고양이 앞에 쥐'라는 속담 대신
에 '차지혁 앞에 사토시 준'이라는 말이 유행을 하고 있을
정도였다.

작년에 이어서 올 시즌에도 나에게 단 하나의 안타도 뽑
아내고 있지 못한 사토시 준이었다.

지난 경기에서도 7회에 교체를 당했던 사토시 준이었기
에 오늘 경기에서는 라인업에서 빠질 수도 있지 않을까 내
심 생각을 하고 있었다.

그러나 무슨 생각인지 사토시 준은 여전히 1번 타자로 선발 명단에 이름을 올리고 있었고, 1회 말 나를 상대할 첫 번째 타자로 타석에 섰다.

'무슨 생각인지는 모르겠지만, 한 번 형성된 천적 관계는 쉽게 지워지지 않는 법.'

형수와 사인을 주고받고 곧바로 초구를 던졌다.

구위로 찍어 누르기 위한 포심 패스트볼이었고, 초반부터 구속을 끌어올렸기에 최소한 98마일 이상은 찍힐 빠른 공이었다.

스트라이크 존 바깥쪽을 향해 빠르게 날아가는 공을 향해 사토시 준은 배트 손잡이를 몸 쪽으로 끌어당기면서 오른손을 배트의 헤드 부분으로 가져갔다. 그러고는 허리를 구부정하게 숙이고는 빠르게 날아오는 공을 똑똑히 지켜보며 배트를 가져다 댔다.

톡.

"……!"

기습 번트.

어느 누구도 예상하지 못했던 선두 타자의 기습 번트에 나 역시 깜짝 놀랄 수밖에 없었다.

1루 수비를 보고 있는 케럴 발렌타인도 번트에 대한 대비가 전혀 되어 있질 않았다.

무엇보다 타구의 코스와 속도가 굉장히 좋았다.

번트는 이렇게 해야 한다는 교본처럼.

1루 라인을 타고 적당한 속도로 굴러가는 타구였기에 1루수, 포수, 그리고 투수인 나까지도 누가 움직여도 쉽지 않았다.

그나마 가장 빠르게 반응을 한 건 형수였다.

사토시 준이 기습 번트를 대는 순간 곧바로 몸을 일으켜 타구를 쫓았다.

하지만.

"젠장!"

형수는 타구를 잡고 1루를 향해 던지지 못했다.

메이저리그에서 가장 빠른 발을 가진 선수 중 한 명이 사토시 준이었기에 기습 번트를 예측하지 못한 이상 그를 잡기란 실질적으로 쉽지 않은 일이었다.

1루 베이스를 찍고 지나가버린 사토시 준의 모습에 나는 물론 형수마저도 허탈한 표정으로 서로를 바라봤다.

사토시 준의 기습 번트에 고요했던 관중석에서 엄청난 야유가 쏟아져 나왔다.

콜로라도 로키스의 일부 홈팬들마저도 사토시 준의 기습 번트에 대한 야유를 퍼부었다.

홈팬들마저 야유를 보냈지만, 사토시 준은 무표정한 얼

굴로 여차하면 도루를 하겠다는 듯 리드 폭을 상당히 넓게 잡고 섰다.

작년 시즌 무려 52개의 도루를 성공시켰던 사토시 준이었기에 도루에 대한 견제를 하지 않을 수가 없었다.

'처음부터 쉽지가 않네.'

콜로라도 로키스에서 어떻게든 기록을 저지하기 위해 온갖 방법을 다 동원할 거라고는 생각했지만, 1회 말부터 선두 타자를, 그것도 무척이나 발이 빠른 주자를 내보내게 될 줄은 생각지도 못했다.

'형수의 어깨가 좋으니까 믿고 던지자.'

지금 상황에서 견제구를 던지면서 사토시 준을 신경 쓰면 그건 끌려가는 일이다.

오히려 도루를 허용한다 하더라도 타자와의 승부에 집중을 해야 할 때다.

도루를 해도 결국은 2루까지밖에 가지 못한다.

타자를 상대로 안타를 내주지만 않으면 그걸로 끝이다.

2번 타자 도미닉 리스가 타석에 들어섰다.

좌타자면서 발이 빠른 도미닉 리스였기에 내야수들이 평소보다 조금 더 앞으로 이동해서 수비를 준비했다.

나와 형수 역시 혹시라도 번트 작전이 나올지도 모른다는 생각을 주고받았기에 거기에 대한 대비를 확실하게 했다.

'초구부터 강하게.'

쉐애애애액.

퍼어어엉!

"스트라이크!"

바깥쪽 낮은 스트라이크 존을 확실하게 통과한 공이었
다.

작정하고 노렸다면 모를까, 어설프게 건드렸다면 유격수
방면으로 타구가 날아가 순식간에 아웃 카운트를 2개로 늘
렸을 거다.

2구는 방금 던졌던 코스에서 살짝 떨어지는 체인지업.

도미닉 리스의 눈에 익숙하도록 만들어 놓고 스윙을 유
도한다.

패스트볼이라고 여기고 타격을 한다면 열에 여덟, 아홉
은 범타가 나오고 타구의 방향은 유격수나 3루수 쪽으로 향
한다.

당연히 더블 플레이를 노리고 던지는 공이다.

예측은 정확하게 맞았다.

딱!

타구는 가장 믿음직스러운 수비수인 크레이그 바렛에게
로 향했다.

그는 타구의 바운드를 계산해서 몸을 움직이며 타구를

잡아냈고, 곧바로 2루를 향해 던졌다.

그 모습에 나도 모르게 왼쪽 주먹을 꽉 쥐며 입가에 미소를 그려냈다.

하지만 너무 성급한 판단이었다.

2루수 데니스 플린이 공을 잡고 베이스를 찍은 후에 1루를 향해 송구를 하는 그 순간 사토시 준이 송구를 방해하는 슬라이딩을 했고, 거친 슬라이딩에 움찔한 데니스 플린의 송구가 악송구로 변하고 말았다.

베이스를 포기하고 송구를 잡기 위해 케럴 발렌타인이 다급하게 몸을 움직였지만, 소용없는 일이었다.

악송구가 되자 1루 베이스를 찍은 도미닉 리스가 재빠르게 2루까지 이동했다.

간단한 더블 플레이가 악송구로 이어지면서 결국은 아웃 카운트 하나를 날려먹은 것도 모자라 주자를 2루까지 보내고 말았다.

종종 발생하는 흔한 일이지만, 공교롭게도 대기록을 눈앞에 둔 오늘과 같은 경기에서 이런 일이 벌어졌기에 허탈한 심정과 아쉬운 마음이 동시에 들었다.

1사 주자 2루 상황에서 타석에 들어선 건 존 킹슬리.

작년 시즌에도 3할의 타율을 마크해 내면서 8년 연속 3할 타자라는 엄청난 타이틀을 유지하고 있는 중이다. 물론 이번 시즌 역시도 저번 경기까지 타율 0.334를 지켜내고 있었으니 9년 연속 3할 타율의 타자가 될 가능성이 무척이나 높았다.

절대 만만하지 않은 타자에게 득점권에 주자를 내보냈다는 건 투수인 내 입장에서 무척이나 부담스러운 일이다.

'초구는 커브다.'

초구에 스트라이크를 넣고 시작하느냐, 넣지 못하느냐는 무척이나 중요한 문제였기에 우선적으로 존 킹슬리를 상대로 어떤 공을 던져야 상대적으로 쉽게 스트라이크 카운트를 얻어낼 수 있는지를 생각했다.

생각 끝에 내려진 결론은 커브다.

그것도 12-to-6 커브.

물론 지난 샌디에이고 파드리스와의 경기를 통해 모든 메이저리그 구단과 선수들은 내가 12-to-6 커브를 던진다는 걸 알게 됐다.

당연히 콜로라도 타자들 또한 그 부분을 생각해 왔을 거다.

더불어 지난 경기를 몇 차례나 돌려보면서 분석을 했겠지.

하지만 득점권에 주자를 두고 존 킹슬리를 상대로 초구부터 12-to-6 커브를 던진다?

허를 찌르는 거다.

기존의 내 피칭 스타일이라면 무조건 패스트볼로 우선 무력시위를 했을 테니까.

형수도 내게 패스트볼을 요구했지만, 이내 내가 다시 사인을 보냈다.

잠시 머뭇거리던 형수는 이내 작게 고개를 끄덕이고는 미트를 활짝 벌렸다.

몸 쪽으로 바짝 붙이는 커브를 던져야 한다.

구속 따윈 신경 쓰지 말고 오로지 제구에만 중점을 둬야 한다.

2루 주자를 한 번 바라보고는 곧바로 공을 던졌다.

퍼엉!

"스트라이크!"

확실히 샌디에이고 전에서 던졌던 것보다 변화의 폭이 줄어들었지만 12-to-6 커브 특유의 큰 낙폭은 여전했다.

살짝 눈을 찌푸리는 존 킹슬리의 모습이 눈에 들어왔다.

2구는 체인지업.

예상대로 패스트볼을 기다리고 있던 존 킹슬리는 또다시 눈 뜨고 당하고 말았다.

이제 3구가 중요하다.

유인구를 던질 것인가, 빠르게 승부를 볼 것인가.

내가 고민을 하는 사이 형수가 사인을 보내왔다.

그걸 던져.

나와 형수만 아는 또 다른 특별한 사인.

마스크를 쓰고 있는 형수의 눈은 불이라도 토해낼 것처럼 타오르고 있었다.

쿠어스 필드라면 어쩌면……

고개를 끄덕이고 야구공의 실밥을 움켜잡았다.

제구가 완벽하지 않아도 상관없다.

스트라이크 존 안으로 형성되어 들어가면 되니까.

"후우우우."

호흡을 차분하게 내뱉고는 빠르게 세트 포지션에서 공을 던졌다.

쐐애애애애애애액!

날아오는 공을 바라보는 존 킹슬리의 눈동자가 매섭게 번뜩였다.

'왔군!'

공의 스피드가 알려주고 있다.

이건 100퍼센트 포심 패스트볼이라고.

차지혁의 포심 패스트볼이라면 이미 수천 번도 더 비디오 분석을 했고, 선발이 예고된 당일 아침부터 점심까지는 오직 거기에 맞는 스윙 훈련만 했다.

타자의 타격은 일정 부분 재능, 흔하게들 말하는 감각이라는 게 존재하는 건 사실이다.

그러나 그 감각에는 분명 한계라는 게 존재한다.

진짜 제대로 된 타격은 오로지 훈련을 통해서만 만들어진다고 굳게 믿고 있는 존 킹슬리였기에 항상 정상급 투수들을 상대하기 전에는 철저하게 비디오 분석을 한 이후, 경기 직전까지 스윙 궤적을 몸에 맞춰놓는다.

차지혁의 포심 패스트볼은 빠르고 강하다.

구위가 대단하다.

메이저리그에서 활약하고 있는 모든 투수들 가운데 최고 레벨이라고 불러도 좋다.

빠르면서도 묵직한 공은 웬만한 힘을 갖추지 못하고서는 결코 배트로 밀어낼 수가 없다.

그 결정적인 증거가 바로 천부적인 타격 감각을 갖고 있음에도 불구하고 파워가 부족해서 차지혁의 구위를 이겨내지 못하는 사토시 준의 상대 전적이다.

'사토시 준과 나는 다르다!'

차지혁의 구위가 대단하지만 충분히 밀어낼 수 있는 파워를 가지고 있다 자부하는 존 킹슬리는 이번 공으로 모든 것을 증명할 작정이었다.

투수를 철저하게 분석해서 거기에 맞추는 스윙 훈련과

구위를 이겨낼 수 있는 파워를 가진 타자는 제아무리 대단한 투수라 하더라도 결코 상대가 될 수 없다는 사실을.

하체의 회전부터 아주 자연스럽게 배트가 나왔다.

부드러운 회전력을 아주 강력한 파괴력으로 변환시킬 수 있는 게 메이저리그 정상급 타자다.

존 킹슬리는 공을 끝까지 바라보며 배트를 휘둘렀다.

미안한 말이지만, 연속 이닝 대기록에 대한 모든 사람들의 기대는 여기서 끝낸다.

존 킹슬리의 입가엔 승자의 미소가 맴돌았다.

손목에 힘을 담아 공을 덮는다, 마지막 팔로우 스윙까지 깔끔하게 마치면 타구는 그렇지 않아도 타자의 비거리를 늘려주는 쿠어스 필드였기에 단숨에 펜스를 넘기고 말 것이다.

'넘긴… 뭐야?'

퍼어어어어엉!

미트가 터져 버린 것 아닌가 싶을 정도의 강렬한 파열음이 존 킹슬리의 고막을 때렸다.

그리고 뒤이어.

부우우웅!

배트가 공기를 가르는 소리가 들렸다.

차지혁이 던지는 포심 패스트볼의 구속에 맞춰서 배트를

빠르게 돌렸다고 생각했는데 그것보다도 훨씬 빠른 타이밍에 공이 포수 미트에 박혀 버렸다.

"주심."

포수의 작은 외침에 그제야 뭔가에 홀린 듯 멍하니 서 있던 주심이 다급하게 외쳤다.

"스트라, 스윙! 타자 아아아— 웃!"

—우와아아아아아아아!

관중석에서 엄청나게 커다란 함성이 경기장을 뒤흔들었다.

형수는 미트에 박힌 공을 바라보며 히죽 웃었다.

너무 완벽했다.

타자를 삼진으로 잡으면 투수뿐만 아니라 포수 역시도 적지 않은 희열을 느낀다.

지금이 딱 그랬다.

그러나 그보다 더 큰 희열이 전광판에 선명하게 찍혀 있었다.

105mph

"마, 말도 안 돼……."

전광판에 찍혀 있는 숫자가 거짓말처럼 보였다.

아무리 쿠어스 필드라는 구속 보정을 받았다 해도 그렇지 어떻게 105마일, 169㎞의 공을 던질 수 있단 말인가.

하나둘 관중들도 전광판에 찍힌 구속을 확인하고는 놀란 탄성을 뱉어냈다.

"미, 미친 괴물 새끼……."

형수는 진심으로 자신의 친구인 차지혁이 같은 인간으로 보이질 않았다.

Chapter 7

TV를 통해 중계를 보던 랜디 존슨은 입꼬리를 한껏 치켜
올렸다.

"결국은 해냈군."

분명했다.

강속구를 던지는 투수라면 누구나 꿈에라도 던져 보길
원하는 바로 그 구종.

라이징 패스트볼이 분명했다.

물론 현실적으로 인간이 던질 수 없는 불가능한 구종이
라는 건 알고 있다.

그러나 인간이 눈은 카메라가 아니다.

얼마든지 착시 현상을 일으킬 수 있다.

더욱이 항상 스윙 궤적을 체크하며 배트를 휘두르는 타자들이라면 방금 차지혁이 던진 공이 어떤 공인지 똑똑하게 느낄 것이다.

떠오르는 공.

과학적으로 불가능하다고 밝혀진 공이지만, 직접 스윙을 한 타자에게는 귀신에 홀리기라도 할 거다.

중계진에서도 난리가 났다.

처음에는 캐스터와 해설자들이 105마일의 구속에 놀라서 소리를 질렀다.

그러나 이어진 리플레이 화면에서 공의 궤적이 달라졌다는 걸 깨달았다.

이제는 구속이 중요한 게 아니라 공의 궤적이 중요해졌다.

흥분한 캐스터와 해설자들이 연신 라이징 패스트볼이라는 단어를 언급했고, 이례적으로 방송국에서도 몇 번이나 차지혁이 던졌던 공을 리플레이 시켜주며 공의 궤적을 실시간으로 선까지 그리고 있었다.

방송국 카메라로 찍은 초고속 슬로우 화면에 공은 절대 떠오르지 않았다.

하지만 이전까지 던졌던 차지혁의 패스트볼들과 곧바로 비교를 하며 파란색과 빨간색으로 궤적을 체크하니 확실히 높낮이가 뚜렷한 차이를 나타내고 있었다.

해설자는 이 정도만으로도 충분히 라이징 패스트볼이라며 연신 흥분한 음성으로 떠들어댔고, 캐스터 역시도 맞장구를 쳐댔다.

정확하게는 반쪽짜리 라이징 패스트볼이라고 불러야 옳다.

그러나 그것만으로도 이제 차지혁은 또 하나의 엄청난 무기를 손에 넣은 셈이다.

"네 녀석의 진화는 도대체 어디가 끝일지… 무척이나 기대가 되는군. 하하하하!"

아주 오랜만에 진심으로 기쁜 웃음을 터뜨리는 랜디 존슨이었다.

그리고 또 한 명의 전설이 차지혁의 중계방송을 바라보며 넋을 잃었다.

"세상에나, 척이 저렇게까지 빠른 공을 던지는 투수였어요?"

엘렌의 물음에도 커쇼는 아무런 대답도 하지 못했다.

그저 두 눈만 깜빡거리고 있을 뿐이었다.

그때, 중계진에서 계속해서 라이징 패스트볼이라고 흥분해서 외쳐대니 엘렌이 놀랍다는 듯 말했다.

"당신이 보기에도 방금 척이 던졌던 공이 라이징 패스트볼처럼 보였나요?"

야구 선수의 아내로 십수 년을 살았고, 아직까지도 야구 선수의 아내라는 꼬리표가 붙어 있는 엘렌이다.

웬만한 야구 지식은 충분하다 못해 넘치도록 갖추고 있었다.

그런 그녀의 지식 속에 라이징 패스트볼은 불가능한 구종이었다.

"정말… 멋지군!"

한참 만에 커쇼가 벌떡 일어나며 큰 소리로 외쳤다.

커쇼의 눈에도 그건 분명 라이징 패스트볼이었다.

물론, 완벽하진 않았지만 분명 어떤 투수도 던질 수 없었던 가장 라이징 패스트볼에 가까운 공을 차지혁이 던졌다.

투수들에게는 꿈과 같은 구종이라 커쇼 역시 꿈을 꿔봤다.

결과적으로 커쇼는 강속구 투수가 아니었기에 일찌감치 미련을 버렸었다.

실질적으로 100마일을 우습게 던지는 투수라 하더라도 결코 던질 수 없는 공이라는 걸 알기에 그저 환상 속에서나 존재하는 그런 공으로 여겼다.

그런데 아무도 예상하지 못했고, 어느 누구도 생각해 보지 않았던 라이징 패스트볼을 차지혁이 쿠어스 필드에서 던졌다.

"…쿠어스 필드에서 라이징 패스트볼을 던진다고?"

생각해 보니 이해가 가질 않았다.

쿠어스 필드에서 패스트볼 구속이 더 나오는 건 사실이고, 라이징 패스트볼은 구속과 무척이나 관계가 깊은 것 또한 부정할 수 없는 사실이다. 그런데 라이징 패스트볼은 구속과 더불어 공의 회전력과도 연관이 깊다.

이론적으로 공의 회전력을 많이 받질 못하면 절대 던질 수 없는 공이 라이징 패스트볼이다.

많은 사람들의 착각 중 하나가 쿠어스 필드에서 강속구 투수가 유리할 거라 생각하는 점이다.

공의 구속이 평소보다 더 나오니 당연히 그렇게 생각할 수밖에 없다.

하지만 실제로는 다르다.

이 세상의 모든 구종 가운데 가장 많은 회전수를 가진 공이 바로 패스트볼이다.

그런데 패스트볼이 평소보다 회전력이 덜 먹는다면 어떻게 될까?

기존의 무브먼트가 변한다.

거기에 구속까지 내 의도보다 높아진다면?

자연스럽게 제구력에 영향을 받을 수밖에 없다.

커쇼 자신이 그랬다.

패스트볼이 무척이나 좋았던 시즌에는 쿠어스 필드에서 오히려 고생을 했고, 슬라이더의 위력이 최고조로 올랐던 시즌에는 쿠어스 필드에서 좋은 성적을 낼 수 있었다.

물론 모두 그런 건 아니다.

무브먼트가 변하고, 구속이 증가했음에도 제구력을 잘 잡는 투수들은 쿠어스 필드에서 항상 좋은 성적을 낼 수 있다.

가장 대표적인 투수가 바로 콜로라도 로키스의 에이스 카터 노드윈드다.

밋밋한 무브먼트를 가진 패스트볼 때문에 쿠어스 필드만 벗어나면 오히려 평균자책점이 상승하는 투수다.

어떤 의미에서는 쿠어스 필드에 최적화된 투수라고 볼 수 있다.

'적응력은 척도 대단하지.'

차지혁 역시도 강속구 투수였지만 쿠어스 필드에서의 성적은 무척이나 좋다.

자신의 공을 완벽하게 컨트롤할 수 있다는 뜻이다.

오히려 카터 노드윈드보다 쿠어스 필드에서의 성적이 훨씬 더 좋다.

상대적으로 비교 기간이 짧다는 게 흠이지만, 분명 차지혁의 쿠어스 필드 적응력은 메이저리그 양대 리그를 대표하는 투수들 가운데 최고라 부를 만했다.

'정말 대단하군. 어떻게 쿠어스 필드에서 저런 멋진 공을 던질 수 있는 거지? 아니, 그것보다도 정말 라이징 패스트볼을 던질 수 있게 된 건가?'

커쇼는 마운드 위에서 로진백을 주무르고 있는 차지혁의 모습이 굉장히 멋있게 보였다.

투수라면 누구나 꿈을 꾸는 라이징 패스트볼을 던지다니.

순간적으로 커쇼는 온 몸에 소름이 돋았다.

"엘렌, 미안하지만 나 LA로 가봐야겠어."

"척을 만나고 싶나 보네요?"

"무척이나!"

야구계를 떠난 남편이지만, 그의 야구 사랑과 지대한 관심은 천성이었기에 엘렌도 말릴 수가 없었다.

* * *

퍼어어엉!

부우웅!

"스윙! 타자 아웃!"

─우와아아아아아아아아!

귀를 먹먹하게 만드는 관중들의 함성을 들으며 마운드를 내려왔다.

"관중들은 오늘을 평생 잊지 못하겠다!"

형수가 마스크를 벗고 날 바라보며 히죽 웃었다.

그럴지도 모른다.

완벽하다고 부를 순 없지만 어쨌든 라이징 패스트볼이라고 부를 수 있는 공을 직접 관중석에서 봤다는 건 엄청난 영광일 거다.

야구를 좋아하는 사람이라면 평생 잊을 수 없는 장면일지도 모른다.

"손목은 괜찮아?"

형수가 작은 목소리로 조심스럽게 물어왔다.

"아직까지는."

말 그대로 아직까지는.

"어차피 콜로라도 타자 놈들 머릿속은 이미 하얗게 질려 있을 테니까 굳이 무리하지 말고 다음 이닝부터는 쉽게, 쉽게 가자."

"다음 이닝부터 신기록인데?"

"아, 그러네."

"정말 쉽게 갈까? 뭐 나중에 문제가 생기면 포수가 그렇게 하자고 했다고 인터뷰해도 되겠지?"

"손목 괜찮다고 했지? 아프기 전까지는 빡세게 던져 봐. 그리고 나 사인 못 내니까 네 마음대로 던져. 어떻게든 내가 다 받을 테니까. 난 이번에 타석에 서야 돼서 먼저 준비할게. 그럼 쉬어라."

서둘러 더그아웃으로 들어가 버리는 형수의 뒷모습을 바라보며 피식 웃었다.

모두가 기대했던 5회를 드디어 넘겼다.

1988년 LA 다저스의 전설적인 투수 오렐 허샤이저가 기록한 단일 시즌 연속 무실점 기록인 59이닝과 타이기록을 작성했다.

이제 다음 이닝, 첫 번째 타자부터 새로운 신기록이 작성된다.

막상 59이닝까지 도달하니 더 이상 부담감이 느껴지지 않았다.

어쨌든 내가 할 수 있는 최선은 다 했다는 해방감마저 들었다.

이제부터는 안타를 맞고 실점을 한다 하더라도 아무렇지

도 않을 것 같았다.

기록이라는 게 참 우습게도 누군가의 기록을 뛰어넘으면 그 이후부터는 더 이상의 부담감이나 긴장감이 느껴지지 않는다.

이전까지는 반드시 그 기록에 도달해야 한다는 강박관념이 생기지만 동일 선상까지만 도착하면 끝났다는 해방감을 맛볼 수 있다.

다른 사람들은 어떨지 모르지만, 나는 그랬다.

"새로운 전설을 내 눈으로 직접 보게 해줘서 고맙네."

게레로 감독이 내 옆에 앉으며 그렇게 말했다.

"좋은 동료들과 유능한 감독님을 만났기에 가능한 일이라고 생각합니다."

"듣기 좋으라고 하는 말이라는 걸 알지만, 기분은 좋군."

"진심입니다. 동료들의 도움이 없었다면 여기까지 절대 오지 못했을 겁니다. 더불어 감독님께서 포지션에 맞는 선수들을 배치해 놨기에 가능했던 일이라고 생각합니다."

이건 진심이다.

맞지 않은 포지션에 선수를 배치해서 어처구니없이 실점을 하는 투수들은 생각보다 많다.

그렇기에 내가 지금까지 무실점 기록을 이어올 수 있었던 건 동료 선수들뿐만 아니라 게레로 감독의 역할이 절반 이상을 차지하고 있었다.

내 말에 게레로 감독은 내 어깨를 가볍게 주물렀다.

더 이상의 말은 없었지만, 내게 무척이나 고마워하고 있
다는 것만큼은 느낄 수 있었다.

"기록에 연연하지 말고 평상시처럼 자네만의 피칭을 하
게. 이제 자네는 어떠한 피칭을 하든 이미 전설이니까."

이미 전설이라는 말에 살짝 웃음이 새어 나왔다.

고작 메이저리그 2년 차 투수에게 전설이라니.

라이징 패스트볼을 던지고 나자 동료들의 시선이 달라졌
다.

뭐랄까, 못 볼 걸 봤다는 눈빛이라고 할까?

마치 동물원 원숭이가 된 듯한 기분이 들기도 했다.

특히 투수들은 내 눈치를 계속해서 살피면서 뭐 마려운
강아지처럼 행동을 했다.

경기 중이고 대기록을 이어가고 있는 상황이라 내게 접
근하지 못할 뿐이지 오늘 경기가 끝나면 꽤나 주변 동료들
에게 시달릴 것만 같았다.

따악!

경쾌한 타격음과 함께 타구가 훨훨 날아갔다.

1회를 깔끔하게 마쳤던 카터 노드윈드는 이미 3회에 강
판을 당하고 말았다.

2회 초, 마운드에 올라와서 경기에 집중하지 못하고 뭔가에 홀리기라도 한 것처럼 경기 중간중간마다 내 쪽을 바라보더니 갑작스러운 제구력 난조로 볼넷과 안타를 지속적으로 허용해 결국은 3회 초에 교체가 되고 말았다.

덕분에 신이 난 건 LA 다저스 타자들이었다.

나를 제외한 선발 전원 안타는 물론, 형수는 홈런까지 하나 기록하고 있었다.

경기의 승패는 이미 완벽하게 기울어졌고, 다시 되돌릴 만한 수준을 훌쩍 넘어섰다.

시즌 13승을 달성하기엔 무난하기만 했다.

하지만 오늘 경기는 단순한 승리투수가 목적이 아니었기에 이미 승패가 결정 난 경기임에도 관중들의 집중력은 대단히 높았다.

어느덧 7번 타자마저 안타를 치고 나갔기에 나는 자리에서 일어나 헬멧과 장갑을 착용했다.

'오늘 같은 날에는 안타 하나는 쳐줘야 할 텐데.'

1번부터 8번까지 모두 안타를 친 경기에서 오직 나 혼자만 안타를 못치고 있다 생각하니 괜히 입안이 씁쓸했다.

대기 타석에 서서 배트를 휘두르며 생각했다.

투수가 되길 천만다행이라고.

만약 아버지가 나를 타자로 키웠다면?

"군대나 가 있겠지."

긴장이 풀려서 그런지 괜히 실없는 웃음이 나왔다.

*   *   *

우레와도 같은 박수 소리.

9회 말, 마운드로 향하는 내게 쿠어스 필드를 가득 채운 관중들이 마치 한 몸이라도 된 듯 기립박수를 쳐 주었다.

LA 다저스 원정 팬들은 물론, 콜로라도 로키스의 홈팬들까지도 아낌없는 박수 세례를 주었다.

9회 말.

퍼펙트나 노히트 게임은 이미 진즉에 물 건너갔음에도 관중들의 응원과 격려는 대단했다.

62이닝 연속 무실점.

8회 말까지도 나는 콜로라도 로키스 타자들을 상대로 단 1점도 실점을 하지 않았다.

기존 오렐 허샤이저의 59이닝의 기록을 훌쩍 넘어선 상태다.

이제는 매 이닝, 타자 한 명을 아웃시킬 때마다 새로운 기록으로 작성되고 있었다.

마운드에 올라서서 로진백을 손에 묻혔다.

살짝 체력적으로 부담이 느껴지기도 했다.

쿠어스 필드의 고지대 페널티는 확실히 같은 수의 투구를 한다 하더라도 타 구장에 비해 체력 소모가 높았다.

8회 말까지 던진 투구수는 97개.

타 구장이었다면 크게 부담스럽지 않은 투구수였지만 쿠어스 필드에서는 달랐다.

8회 말을 마치고 더그아웃으로 들어선 내게 게레로 감독은 9회 말 투수 교체를 조심스럽게 제안했다.

체력 소모도 큰 편이고, 62이닝 연속 무실점 기록을 굳이 깰 필요가 없다 여겼기 때문이다.

거기에 이미 큰 점수 차로 인해 승리가 확실해진 시점에서 굳이 내가 무리를 할 필요가 없다는 의견을 내놓았다.

평소였다면, 다른 때였다면 분명 게레로 감독의 말대로 교체를 받아들였을 거다.

그런데 오늘은 그럴 수가 없었다.

게레로 감독은 62이닝 연속 무실점 기록을 유지시키기 위해 교체를 제안했겠지만, 내 입장에서는 오히려 비겁하게 도망가는 꼴이 될 수도 있었기에 받아들일 수가 없었다.

물론 대부분의 사람들은 이해를 해줄 것이다.

그러나 극소수의 일부 사람들은 내가 기록을 의식해서

투수 교체를 했다는 말을 할 수도 있었다.

대단한 기록을 세우고도 괜한 뒷말이 나오면 내 입장에서도 기분이 좋지 않을 수 있기에 차라리 기록이 여기서 멈춘다 하더라도 어느 누구도 날 비난이나 비판을 할 수 없게끔 만들고 싶었다.

무엇보다 이쯤에서 기록이 멈춰진다 하더라도 아쉬움이나 미련도 없었다.

편안한 마음으로 타석을 바라보니 9회 말, 선두 타자로 투수 대신 대타로 타석에 들어서는 호세 파블로의 긴장한 모습이 눈에 들어왔다.

콜로라도 로키스의 외야 백업 선수로 딱히 기억 속에 담아둬야 할 부분은 없었다.

짧게 사인을 주고받고 곧바로 초구를 던졌다.

쇄애애애액!

부웅!

퍼엉!

패스트볼을 노리고 들어온 호세 파블로는 스트라이크 존을 벗어나는 체인지업에 헛스윙을 하고는 더욱더 얼굴을 딱딱하게 굳혔다.

라이징 패스트볼을 던지고 난 이후 그것이 얼마나 큰 자극이 되었던지, 페스트볼을 노리고 스윙을 하는 빈도가 굉장히 높아져 있었다. 마치 패스트볼에 대한 압박이 공포와 두려움을 넘어 극복해야 할 무언가로 자리 잡은 듯했다.

2구는 바깥쪽을 살짝 걸치고 들어가는 컷 패스트볼.

초구에 너무 적극적으로 달려들어 유인구에 속았다 여겼던지 호세 파블로는 지켜보기만 했고, 그대로 스트라이크 판정을 받으면서 2스트라이크 노볼이 되고 말았다.

볼 카운트가 완전히 궁지에 몰리자 호세 파블로의 표정이 얼어붙은 것처럼 보였다.

몸 쪽으로 바짝 붙이는 패스트볼을 요구하는 형수의 사인을 거부하고는 스트라이크 존을 크게 벗어나는 낮은 코스의 12-to-6 커브 사인을 보냈다.

루상에 주자도 없고, 볼 카운트도 여유가 넘쳤기에 형수는 고개를 끄덕였다.

오늘 경기에서 딱 3번 던진 공이다.

확실히 커브의 낙폭이 줄어들어 있었지만, 어설프게 스트라이크를 잡겠다고 던지지 않으면 상관없었다.

무엇보다 현재 호세 파블로의 얼어붙은 모습이 12-to-6 커브만큼 효과적인 유인구가 없어 보였다.

천천히 와인드업을 하고는 공을 던졌다.

'걸렸다.'

공을 던지고 난 직후 호세 파블로의 하체가 움직이는 모습이 눈에 들어왔다.

부우우웅!

전혀 생각하지도 못했던 12—to—6 커브에 호세 파블로는 꼴사나울 정도의 헛스윙을 하고 난 후에야 고개를 떨군 상태로 힘없이 돌아섰다.

62.1이닝 연속 무실점.

완봉승까지 남은 아웃 카운트는 2개.

1번 타자부터 다시 시작되는 콜로라도 로키스 타선이었다.

타석에 들어서는 타자는 사토시 준.

오늘 경기 첫 타선부터 기습 번트를 성공시키며 내 기록을 어떻게든 막으려고 했던 사토시 준이다.

엄청나게 부담이 컸을 작전이다.

대기록이 걸린 경기에서 시작부터 기습 번트를 댄다는 건 미국 메이저리그의 성격상 팬들의 큰 질타를 받을 수도 있기 때문이다.

성공해도 비난을 받을 수 있고, 실패를 한다면 더 큰 조롱거리가 될 일을 사토시 준은 감행한 거다.

이후 타석에는 기습 번트 작전을 쓰지 않았고, 언제나처럼 삼진으로 물러나야만 했다.

타격 자세를 잡고 선 사토시 준의 모습에 형수와 내야수들은 바짝 긴장했다.

1회를 제외하곤 이후 두 번의 타석에서 연속 삼진을 당한 사토시 준이 악에 받쳐서 다시 한 번 기습 번트를 해올지도 몰랐다.

나 역시 기습 번트를 염두에 두고 초구를 던졌다.

몸 쪽으로 바짝 붙이는 포심 패스트볼이었고, 사토시 준은 건드려 봐야 좋을 것 없다는 걸 잘 알기에 바라보기만 했다.

"스트라이크!"

두 번째 공 역시 몸 쪽으로 파고들어 가는 컷 패스트볼을 던졌다.

스트라이크 존을 벗어나는 몸 쪽 공이었기에 볼 판정을 받았지만, 연속으로 몸 쪽을 공략하는 내 투구에 사토시 준의 표정이 날카롭게 변했다.

3구도 몸 쪽을 노리고 던졌다.

그러나 이번에는 몸 쪽으로 바짝 붙다가 살짝 휘어져서 스트라이크 존을 관통하는 투심 패스트볼이었다.

당연히 스트라이크 판정을 받았고, 3구 연속 위협적인 몸 쪽 투구에 사토시 준은 날 죽이기라도 할 듯 노려보고 있었다.

'몸 쪽에서 끝낸다.'

와인드업을 하고 오늘 경기에서 전 세계를 놀라게 한 라이징 패스트볼을 꽂아 넣었다.

쐐애애애애애액.

부웅!

퍼어어엉!

몸 쪽에서 가라앉지 않는 패스트볼을 과연 어떤 타자가 칠 수 있을까?

사토시 준은 3연속 삼진이라는 치욕스러운 성적표를 받아들고 타석에서 물러났다.

'왠지 기분이… 좋은데.'

콜로라도 로키스 더그아웃으로 걸어가는 사토시 준을 바라보니 괜히 기분이 좋아졌다.

좋아진 기분으로 오늘 경기 마지막 타자가 될 수도 있는 도미닉 리스를 바라봤다.

따지고 보면 퍼펙트게임도 아니고, 노히트 게임도 아님에도 콜로라도 로키스 타자들은 과하다 싶을 정도로 긴장과 압박감을 느끼고 있는 것 같았다.

물론 대기록의 희생양이 되었다는 사실이 자존심도 상하고 분할 수도 있겠지만, 그 이전까지 꾸준히 점수를 내지 못했던 다른 선수들을 생각하면 저렇게까지 부담감을 느낄 필요가 있을까 싶었다.

어쩌면 투수인 내가 평생 이해하지 못할 일일지도 모르겠지만 말이다.

'이왕지사 여기까지 왔는데 깨끗하게 마무리는 해야겠지.'

남아 있는 체력을 도미닉 리스에게 모두 쏟아부었다.

그 결과.

부우― 웅!

"스윙! 타자 아웃!"

허공에 배트를 휘두르는 도미닉 리스.

지금까지 본 적 없었던 과도한 리액션을 보여주는 주심.

미트에 박힌 공을 꺼내 들며 마운드로 달려오는 형수.

외야 먼 곳에서, 내야 가까운 곳에서, 더그아웃에서 모두 달려 나오는 동료 선수들과 감독 이하 코치들까지.

그리고 무엇보다 쿠어스 필드를 진동시키는 관중들의 환호성과 박수 소리.

'해냈다.'

이루 말할 수 없는 커다란 성취감이 내 가슴 속에서 활화산처럼 뿜어져 나왔다.

깨져도 그만이라 여겼던 기록이었기에 이런 내 감정이

크게 당황스러웠지만, 어느새 내 몸은 양팔을 하늘 위로 크게 올리고 있었고 내 입에서는 지금껏 들어본 적 없었던 커다란 기합이 내질러지고 있었다.

"이야아아아아아아아아—!"

Chapter 8

경기가 끝나고 인터뷰가 시작됐다.

경기 직후 그라운드에서 이뤄지는 단순한 수훈 선수 인터뷰가 아니었다.

콜로라도 로키스 구단 측에서 제공한 정식 인터뷰실에서 대대적인 인터뷰가 시작됐다.

타 구단 선수였지만 메이저리그 역사에 남을 정도로 전설적인 기록을 달성한 선수이니 콜로라도 로키스 구단에서도 협조를 하지 않을 수 없었다.

300명은 너끈히 수용할 수 있는 인터뷰실이 꽉 찼다.

미국은 물론 한국과 일본 등을 비롯한 세계 각국의 방송 관계자들은 물론, 세계적인 언론사부터 소규모의 작은 지역 언론사와 인터넷 언론, 야구계의 관계자와 전문가들까지 모두 모여들었기에 앉아 있는 사람들보다 서 있는 사람들이 훨씬 더 많았다.

차지혁이 인터뷰실로 들어서자 곧바로 번쩍거리는 카메라 플래쉬가 초 단위로 수십 번씩 터졌다.

몇몇 방송사들은 실시간으로 인터뷰를 실황 중계하기도 했고, 인터넷 전문 방송국 역시도 지금의 모습을 생중계하고 있었다.

자리가 없을 정도로 이곳저곳에서 관련 관계자들이 모여들어 있었지만, 인터뷰는 사전에 약속된 언론사와 몇몇 전문가들만이 가능했다.

인터뷰의 시작은 당연히 대기록 달성에 대한 소감부터 시작됐다.

차지혁은 경기장에서 포효를 내질렀던 모습과는 전혀 다르게 차분하게 인터뷰에 응했다.

동료 선수들에 대한 고마움, 곁에 앉아 있는 게레로 감독에 대한 감사, 자신을 믿고 응원해 준 야구팬들과 가족, 여자 친구에 대한 언급까지… 경기 직후 이뤄진 인터뷰였기에 미리 질문과 답을 맞춰볼 시간이 없었음에도 제법 깔끔하고 조리 있게 말을 했다.

대기록에 대한 인터뷰가 끝나자 아직까지도 인터넷과 TV 방송을 뜨겁게 달구고 있는 화제의 구종, 라이징 패스트볼에 대한 언급이 시작됐다.

―오늘 경기에서 던진 구종이 정말 라이징 패스트볼이 맞습니까?

이 한마디의 질문에 등장과 동시에 쉬지 않고 터지던 카메라 플래쉬도 잠잠해졌다.

적막감이 흘렀다.

인간이 던질 수 없다 여겨졌던 환상의 구종, 라이징 패스트볼이 맞는가?

모든 이들이 숨을 죽이고 차지혁의 대답을 기다렸다.

"모든 분들께서 말씀하시는 것처럼 라이징 패스트볼이 맞기도 하고, 아니기도 합니다."

차지혁의 대답에 침묵이 혼란으로, 혼란은 곧 소란스러움으로 변했다.

약속되어 있던 언론사 기자와 전문가들이 아닌 인터뷰실에 모여든 모든 사람들이 너 나 할 것 없이 차지혁의 대답에 대한 자세한 설명을 요구했다.

급기야 인터뷰 진행을 맡은 사회자가 식은땀을 흘리며 소란스러워진 사람들을 진정시켰고, 소란이 잦아들길 기다렸다는 듯 차지혁이 설명을 시작했다.

차지혁의 설명은 모두의 혼란스러운 머릿속과 다르게 간단했고 명쾌했다.

한 줄로 요약하면, 착시 효과에 의한 패스트볼.

즉, 미완성의 라이징 패스트볼이라는 의미에 인터뷰실에 모인 절반의 사람들은 그럴 줄 알았다는 듯한 태도를 보였고, 일부는 그렇다 하더라도 라이징 패스트볼이 아니냐고 떠들었고, 극소수는 언제고 완벽한 라이징 패스트볼을 던질 수 있지 않겠냐는 희망을 드러냈다.

사람들의 생각이 어떻든 차지혁은 있는 그대로의 사실만을 전달했고, 더 이상의 논란을 끌어낼 만한 말이나 행동을 자제하며 라이징 패스트볼에 대한 언급을 마쳤다.

사람들의 관심은 라이징 패스트볼에 집중되어 있었지만, 차지혁 스스로 언급을 자제하니 점점 인터뷰 내용이 겉돌았다.

그럼에도 불구하고 무려 1시간이 넘는 긴 시간 동안 인터뷰가 이어졌다.

언제나처럼 언론과의 인터뷰에 있어서만큼은 적당하게 거리를 둔 차지혁으로 인해 언론사 관계자들은 아쉬움에 입맛을 다셔야만 했다.

조금 더 자극적이고 사람들의 관심을 끌 만한 말이나 태도가 있었다면 좋겠지만, 차지혁에게 그런 걸 바라는 건 쉽지 않은 일이었다.

그렇게 인터뷰가 끝나고 차지혁은 인터뷰실을 빠져나갔다.

그 시간부터 라이징 패스트볼, 차지혁, 메이저리그 신기록이라는 세 가지의 키워드가 온 세상을 도배하기 시작했다.

*　　*　　*

"정말 그래도 괜찮겠습니까?"

내 물음에 게레로 감독이 웃는 얼굴로 고개를 끄덕였다.

"구단주님 특별 지시 사항이니 걱정하지 말고 먼저 이동하도록 하게. 이 정도는 팀 동료들도 충분히 이해를 해줄 수 있는 문제고, 자네 마음이 불편하다면 휴식일에 팀 동료들에게 거하게 식사를 대접하면 되질 않겠나?"

"하지만……."

게레로 감독이 내 말을 가로막았다.

"사실 자네가 남은 일정 동안 함께 움직이면 팀 동료들에게도 부담이 될 수밖에 없을 거네."

나를 취재하기 위한 기자들과 방송국 사람들을 생각하면

확실히 게레로 감독의 말이 옳았다.

"알겠습니다. 그럼 워싱턴에서 뵙겠습니다."

살짝 고개를 숙이며 인사를 하자 게레로 감독이 활짝 웃는 얼굴로 내 어깨를 두드렸다.

"자네 덕분에 내 감독 생활이 무척이나 뜻깊어져서 고맙다는 말을 꼭 해주고 싶었네. 고맙네. 그리고 앞으로도 함께 좋은 인연으로 오랫동안 야구를 했으면 하네. 이건 내 진심이네. 사실 자네처럼 무서운 투수를 상대편으로 만나고 싶지가 않거든. 하하하하!"

게레로 감독의 호탕한 웃음소리에 나 역시 마주 웃었다.

오늘 인터뷰실에서도 게레로 감독은 기자들과의 인터뷰에서 나에 대한 극찬을 아끼지 않았다.

옆에서 듣는 내가 다 얼굴이 붉어질 정도로 과한 칭찬이었지만, 그것이 그냥 하는 말이 아닌 진심에서 우러나오는 말이라는 걸 알기에 게레로 감독에 대한 고마움도 커졌다.

자고로 선수는 감독과 불화가 있어서는 안 된다.

메이저리그의 경우 소위 슈퍼스타들은 감독의 말을 무시하는 경향이 종종 있었지만, 그런 행동이 좋은 방향으로 가는 일은 드물었다.

어쨌든 감독은 팀을 이끌어가는 사령관이다.

아무리 뛰어난 장수라 하더라도 사령관의 명령을 무시하

고 제멋대로 행동하면 결국은 파국을 맞을 수밖에 없다.

그렇기에 게레로 감독과의 돈독한 사이는 내게 있어서도 커다란 플러스 요인이 되고 있었다.

"그럼 먼저 가보겠습니다."

"배웅은 하지 않겠네."

게레로 감독과 인사를 나누고 곧바로 구단 직원의 차를 탔다.

오늘은 콜로라도 로키스와의 원정 3연전 중 1차전 경기였다.

내일과 모레 2번의 경기가 남아 있었지만, 나는 구단주와 감독의 배려로 먼저 워싱턴으로 향하기로 했다.

구단주의 특별 조치였고, 나 한 사람을 태우고 가기 위해 구단 전용기가 공항에서 대기 중이라고 했다.

당연히 워싱턴에서 구단주와의 약속 또한 잡혀 있었다.

형수는 특별 보너스를 받는 게 아니냐며 호들갑을 떨기도 했다.

공항에 도착해서 전용기에 올랐다.

펑펑펑! 펑펑펑!

비행기에 탑승하니 놀랍게도 폭죽이 터지며 날 깜짝 놀라게 만들었다.

"지혁아, 축하한다!"

"아들! 너무 자랑스럽다!"

"척! 오늘 당신은 정말 최고로 멋있었어요!"

"차지혁 선수! 메이저리그의 역사에 남을 대기록 진심으로 축하드립니다!"

아버지, 어머니, 안젤라, 황병익 대표까지 모두 날 축하해주기 위해 모여 있었다.

경기가 끝나자마자 구단주와의 단독 전화, 인터뷰 등이 급하게 이뤄지는 바람에 정작 가장 보고 싶은 부모님과 안젤라를 만나지 못해 아쉬움이 컸고, 급한 일을 마치고 부모님과 안젤라를 만나려고 했더니 벌써 구단의 배려로 공항으로 떠났다고 했었다.

"오늘 경기 정말 고생했다. 네가 대기록을 세운 것도, 라이징 패스트볼을 던진 것도 모두 자랑스럽고 기특하지만, 언제나처럼 마운드 위에서 흔들리지 않고 네가 던질 수 있는 공을 자신 있게 던진 모습이 아버지로선 가장 훌륭했다고 생각한다. 앞으로도 오늘처럼만 경기에 임하면 더 이상 아버지는 널 걱정할 일이 없을 것 같다. 장하다, 내 아들!"

아버지가 나를 힘껏 끌어안았다.

잊고 있었던 아버지의 돌발 행동에 살짝 당황스러웠다.

어렸을 적에는 그렇지 않았지만, 내 나이가 한 살씩 늘어갈 때마다 아버지는 나에게만큼은 애정 표현을 꺼리셨다.

아직까지도 지아와는 포옹도 하고 가끔 볼에 뽀뽀도 받거나 해주시며 다정한 부녀 사이를 자랑했지만, 아들인 나와는 그저 남자 대 남자의 관계로만 대해주셨기에 지금처럼 포옹을 받은 게 언제인지 곧바로 기억도 나질 않았다.

'그때는 아버지의 품이 무척이나 단단했었는데.'

아버지와의 포옹은 중학교 1학년 때가 마지막이었다.

그때까지만 하더라도 아버지의 품은 단단했고 넓게 느껴졌었다.

그런데 오늘 아버지의 품은 한없이 작고도 여리게만 느껴졌다.

이렇게 작은 몸으로 나와 지아, 그리고 어머니의 든든한 기둥으로 우리 가족을 이끄셨다고 생각하니 괜히 코끝이 찡해졌다.

"아버지가 없었다면… 저도… 없었을 겁니다. 감사합니다. 그리고 사랑합니다. 아버지."

말을 하는 와중에 감정이 울컥 치솟아 눈물이 차올랐다.

안젤라와 황병익 대표가 보고 있다는 사실에 눈물 흘리는 모습을 보이고 싶지 않았지만, 끝내 눈물이 볼을 타고 흘러내리고 말았다.

"…녀석. 다 큰 녀석이 울기는."

내 등을 다독여 주시는 아버지의 손끝이 미미하게 떨렸

고, 아버지 역시 음성이 잘게 흔들리고 있었다.

이러고 계속 있다가는 아이처럼 울 것만 같았기에 재빨리 아버지의 품에서 벗어났다.

하지만 아버지의 품을 벗어난 것이 독이 될 줄은 몰랐다.

나와 아버지의 모습에 벌써부터 눈물을 흘리고 있던 어머니가 나를 안으며 소리 내어 울었기 때문이다.

이 세상 모든 아들들은 어머니의 눈물에 덩달아 눈물을 흘린다는 누군가의 말처럼 나 역시 눈물을 참을 수가 없었고, 결국은 어머니와 함께 부둥켜안고 울고 말았다.

한참을 울고 나니 내 모습이 얼마나 꼴사납게 보였을까 싶었지만, 이상하게도 가슴은 시원했다. 그리고 아주 오랜만에 어머니의 품을 오랜 시간 독차지할 수 있었다는 사실도 괜히 기분이 좋았다.

최대한 아무렇지도 않게.

무슨 일이라도 있었냐는 듯 안젤라와 황병익 대표를 봤지만.

"내일 아침에 척의 눈이 두 배쯤은 커지겠는데요? 후훗!"

"다이아멘탈의 에이스가 이렇게 어린 아이처럼 울었다고 말하면 믿을 사람 없을 거라 생각하니 괜히 억울한 생각이 듭니다. 하하하!"

안젤라와 황병익 대표의 말에 내 얼굴엔 어색한 미소만

맴돌았다.

"자자, 이제는 축배를 들어야 하질 않겠습니까?"

황병익 대표가 샴페인을 들었다.

비행기 내부에는 조촐하지만 먹음직스러운 음식들과 음료와 술이 상당히 잘 구비되어 있었다.

시즌 중에는 절대 술을 마시지 않는 원칙으로 인해 나만 홀로 음료를 마셔야 했고, 부모님과 안젤라, 황병익 대표는 샴페인을 마시며 즐거운 파티를 시작했다.

"하늘 위에서 파티라~! 이사장님, 제가 아드님 덕분에 이런 호화스러운 파티를 즐기게 되어 정말이지 인생 한 번 잘 살았구나 하는 생각이 절로 드는 것 같습니다."

차앤울 재단 이사장으로 활동을 하고 있는 아버지였다.

"황 대표님께서 물심양면으로 우리 지혁이를 잘 지원해 주셨기 때문에 오늘과 같은 날이 있을 수 있는 거라고 생각합니다. 이 자리를 빌어 황 대표님께 진심으로 감사드립니다. 앞으로도 우리 지혁이가 운동에만 전념할 수 있도록 지금처럼 잘 서포트해 주시길 바라겠습니다."

"그건 제가 부탁드리고 싶은 말씀입니다! 저야말로 차지혁 선수와 함께 평생의 동반자로 남을 수 있다면 그것보다 더 큰 일은 없다고 생각합니다. 모쪼록 부족한 부분이나, 혹시라도 서운하신 부분이 생긴다면 그때그때 제게 말씀을 해주셔서 더 큰 오해나, 감정이 상하는 일이 생기지 않도록 부탁드리겠습니다."

황병익 대표와 아버지는 샴페인을 함께 마시며 그렇게 대화를 나누셨다.

반면, 어머니와 안젤라는 내 눈을 의심하게끔 만들 정도로 친근하게 대화를 하며 샴페인을 마시고 있었다.

어머니의 영어 실력이 유창하지는 않았기에 대화가 조금씩 끊기거나 뜻이 제대로 전달되지 않기도 했지만, 안젤라가 어떻게든 잘 알아들으려고 노력하는 모습이 어머니 눈에는 꽤 예쁘게 보인 모양이었다.

"무슨 대화를 그렇게 재밌게 나누고 있어요?"

내 물음에 안젤라가 대답했다.

"아! 척! 이번 여름에 나 한국에 가기로 했어요."

"한국이요?"

"여름에 올림픽이 한국에서 열리잖아요? 어머니와 지아가 저를 초대하셨어요. 어차피 척도 올림픽 대표팀으로 한국에 가야 하니까 이번 기회에 함께 한국에 가는 것도 나쁘지 않을 것 같아요."

"지아요? 안젤라가 지아를 어떻게 알아요?"

"아까 공항에 오면서 어머니를 통해서 당신의 동생인 지아와 통화를 했어요. 정말 궁금한 게 있는데 어떻게 척과

지아는 그렇게 성격이 달라요? 처음에 나 깜짝 놀랐잖아
요."

내가 어떻게 된 일이냐고 묻자 어머니가 대충 설명을 해
주었다.

한국에서 내 경기를 중계로 보고 난 이후, 지아가 어머니
에게 전화를 했다는 거다.

그렇지 않아도 오늘 경기 내내 TV 중계 카메라가 부모님
과 안젤라의 모습을 자주 담았기에 그 모습을 본 지아가 안
젤라에 대해 물었고, 어머니는 직접 통화를 해보라며 전화
를 넘겼다는 거다.

사실 내게 있어 가장 부담스러운 존재가 바로 지아다.

부모님이야 내가 어떤 여자를 만나든 우선적으로 믿고
긍정적으로 바라봐 주실 수 있다고 생각이 들었지만, 지아
는 예전부터 온갖 잔소리를 해대고 있었기에 솔직히 안젤
라와 지아의 만남을 어떻게 연결시켜야 할지 꽤 고민도 했
었다.

그런 내 고민이 민망할 정도로 지아와 안젤라는 무척이
나 즐겁게 통화를 나눴고, 안젤라에게 한국에 놀러오라고
먼저 제의한 것도 지아라고 했다.

"스케줄 괜찮겠어요?"

혹시라도 무리해서 한국에 가겠다고 한 말이 아닌가 싶

어 걱정이 들었다.

"스케줄이야 조정을 하면 돼요."

안젤라는 아무렇지도 않게 대답을 했고, 다시 어머니와 이야기를 나누기 시작했다.

여자들의 수다에 남자가 끼어들 틈은 없다는 말처럼 나는 두 여자의 곁을 맴돌다 슬그머니 아버지와 황병익 대표에게로 다가갔다.

"보기 좋구나."

아버지는 어머니와 안젤라가 서로 웃으며 말을 나누는 모습을 보며 흐뭇하게 웃으셨다.

"아버지가 보시기에는 어떠세요?"

"안젤라 말이냐?"

"예."

"예쁘고 착한 아가씨인 것 같더구나. 남자라면 누구나 꿈꾸는 일이지."

"예?"

당황하는 내 모습이 재밌다는 듯 아버지가 웃으며 말했다.

"이왕이면 운동선수인 네 뒷바라지를 열심히 해줄 수 있는 여자와 만났으면 했지만, 그건 구시대적인 생각을 가지고 있는 나나 네 엄마의 생각일 뿐이고… 저렇게 예쁘고 착한 아가씨라면 좋은 감정으로 예쁘게 만나보는 것도 나쁘지는 않을 것 같다. 그런데 넌 괜찮은 거냐? 너도 바쁜데 상대방까지 바쁘면 아무래도 길게 연애를 하기에는 불편한 점이 많을 것 같은데 말이다."

아버지의 물음에 나는 고개를 끄덕였다.

"안젤라가 제 일을 존중하듯이 저 역시 안젤라의 일을 존중하려고요. 우선은 그런 마음을 잃지 않으려고 해요."

"그래. 그럼 됐다. 혹시나 해서 하는 말이지만… 조심하고. 흠흠."

조심하라는 아버지의 말에 괜히 얼굴이 붉어졌다.

"차지혁 선수가 어디 쉽게 실수할 사람은 아니질 않습니까? 하하하."

황병익 대표가 그렇지 않느냐며 나를 바라보며 빙긋 웃었다.

분위기가 이상한 방향으로 흐르는 것 같아서 재빨리 대화 주제를 다른 쪽으로 돌렸다.

"모레 마크 앨런 구단주와 점심 약속이 잡혀 있는데, 황대표님께서는 어떻게 생각하세요?"

내 물음에 황병익 대표가 씨익 웃었다.

"몸이 달아올랐다는 뜻 아니겠습니까?"

"예? 그게 무슨 말씀이세요?"

나는 물론, 아버지 역시도 호기심 가득한 표정으로 황병익 대표를 바라봤다.

"메이저리그 데뷔와 동시에 신인왕, 사이영상, 시즌 MVP를 거머쥔 차지혁 선수입니다. 더불어 최초로 한 시즌 3번의 퍼펙트게임도 기록했죠. 언론에서 아무리 2년 차 징크스가 온다 어쩐다 떠들어도 실질적으로 차지혁 선수가 리그 정상급의 선발 투수라는 사실을 부정하는 사람은 없습니다. 차지혁 선수도 아시다시피 올 시즌이 시작되기 전에 얼마나 많은 곳에서 이적 협상 제의를 해왔습니까? 말은 하지 않았어도 마크 앨런 구단주 입장에서는 속깨나 끓였을 겁니다. 하하하!"

기분 좋게 웃음을 터뜨린 황병익 대표는 잔에 남아 있던 샴페인을 깨끗하게 입안에 털어 넣고는 말을 이었다.

"오늘 경기를 지켜보고 마크 앨런 구단주가 어떤 생각을 했겠습니까? 아니, 다른 모든 메이저리그 구단주들이 어떤 생각을 가졌겠습니까?"

대답을 하지 않는 나를 대신해서 아버지가 입을 열었다.

"영입하고 싶다고 생각하질 않았겠습니까?"

"이사장님 말씀이 맞습니다. LA 다저스를 제외한 모든 메이저리그 구단주들은 가능하기만 하다면 차지혁 선수를 반드시 자기네 구단으로 영입하고 싶다는 생각을 했을 겁니다. 반대로 마크 앨런 구단주는 반드시 차지혁 선수를 타 구단에 빼앗기지 않아야겠다고 생각을 했겠죠. 그럼 마크 앨런 구단주가 차지혁 선수와 만나서 하고자 하는 진짜 이야기가 뭐겠습니까?"

나와 아버지가 동시에 서로를 쳐다봤다.

머릿속에 맴도는 생각은 있었지만, 설마 하는 생각이 뒤따랐기에 입 밖으로 꺼내지 않았다.

대답은 질문을 한 황병익 대표의 입에서 흘러나왔다.

"제 예상대로라면 모레 차지혁 선수와의 점심 자리에서 새로운 계약 조건에 대해서 이야기를 할 가능성이 무척이나 클 겁니다."

"하지만, 이제 고작 계약 2년 차일 뿐인데 계약 조건을 변경한다는 건 좀……."

"계약 자체만 놓고 본다면 2년 차겠지만, 차지혁 선수는 우선 4시즌 이후, 선수 본인의 선택에 따른 옵트 아웃 조건이 걸려 있습니다. 반대로 말하면 실질적인 계약 기간은 7년이 아닌 4년, 그마저도 이제 2년 반가량 남았다고 보면 됩니다. 작년 시즌 아시다시피 양대 리그 최고의 선발 투수를 보유하고도 LA 다저스는 월드시리즈 진출에 실패를 했습니다. 올해는 다르다고 장담할 수 없는 일이죠. 무엇보다도 차지혁 선수는 그렇게 생각하지 않더라도 마크 앨런 구단주 입장에서는 월드 시리즈에도 진출하지 못하는 구단에서 계속 뛰어야 하나 선수 스스로 회의감이 들 수도 있다 여길 겁니다. 만약 양키스와 같은 월드 시리즈 진출이 굉장히 유력한 구단에서 차지혁 선수에게 지금보다 훨씬 더 많은 연봉을 제시한다면 어떻겠습니까?"

"전 LA 생활에 만족하고 있습니다. 굳이 다른 곳으로 갈 필요는 없습니다."

단호한 내 대답에 황병익 대표가 가볍게 웃었다.

"차지혁 선수의 생각은 그렇지만 마크 앨런 구단주의 생각은 다를 겁니다. 그는 차지혁 선수처럼 순수한 운동선수가 아닌 사업가라서 그렇습니다. 무엇이 나에게 이득이 되는지, 어떻게 행동해야 더 큰 명예를 얻을 수 있을지 이리저리 따지면서 재다 보면 결론은 간단하게 나옵니다. 그러니 마크 앨런 구단주 입장에서는 차지혁 선수를 잡을 수 있는 최고의 패를 내놓을 수밖에 없을 겁니다."

황병익 대표의 말에 나는 고개를 가볍게 저었다.

당사자인 내가 LA 다저스를 떠날 생각이 없는데 여기저기서 나를 두고 경쟁하니 우습기만 했다.

"차지혁 선수."

황병익 대표가 짐짓 목소리를 낮게 깔며 나를 바라봤다.

손에 들고 있던 술잔은 테이블 위에 올려놨고, 살짝 붉어졌던 얼굴도 언제 그랬냐는 듯 멀쩡하게만 보였다. 특히 눈빛이 무척이나 매섭고도 또렷해서 마주보는 내가 위축이 들 정도였다.

"야구장 내에서 차지혁 선수는 스스로 최고의 공을 던지면서 자신의 가치를 전 세계에 증명해 냈습니다. 차지혁 선수를 서포트하는 에이전트로서 전 더할 나위 없이 만족하고 차지혁 선수에게 고마워하고 있습니다."

잠시 말을 멈춘 황병익 대표가 잠깐 숨을 돌리고 말을 이었다.

"야구장 밖, 테이블 위에서의 일은 엄연한 비즈니스입니다. 비즈니스는 차지혁 선수의 생각만큼 깔끔하지도, 페어플레이 정신도 없습니다. 무척이나 지저분한 곳이고, 자칫 수많은 오해와 비난을 받을 수도 있는 곳입니다. 그런 비즈니스를 대신하기 위해 제가 존재하는 것입니다. 차지혁 선수의 가치가 얼마나 대단한지 경기장에서 보여주셨듯이, 이제부터 제가 테이블 위에서 차지혁 선수의 가치를 똑똑히 증명해 내겠습니다."

*   *   *

대화를 방해하지 않으면서도 분위기를 부드럽게 만들어

주는 클래식 음악이 흐르는 레스토랑에서 LA 다저스의 구단주, 마크 앨런과 단둘이서 마주 앉아 식사를 하고 있다.

워싱턴에서도 최고급이라 불리는 레스토랑이라 그런지 주변 손님들 모두 평범한 이들은 만나기조차 힘든 사람들뿐이었다.

"워싱턴에 올 때면 항상 오는 곳이네. 여기 음식이 내 입맛에는 잘 맞더군. 자네 입에는 어떤가? 먹을 만한가?"

"맛있습니다."

대답은 짧았지만 내 머릿속에서 맴도는 단어들은 굉장히 많았다.

단순히 맛있다는 말 자체가 음식에 대한 모욕일 정도로 대단했다.

'내일이라도 부모님과 다시 와야겠어.'

스케줄 때문에 어제 급하게 떠난 안젤라를 생각하면 아쉬웠지만, 어쨌든 미국에 살고 있는 그녀와는 시간만 맞으면 얼마든지 올 수 있었기에 우선은 부모님을 모시고 LA로 떠나기 전에 꼭 다시 오겠다고 굳게 다짐을 했다.

"부족한 게 있으면 얼마든지 더 시키도록 하게."

"괜찮습니다."

"아니지. 우리 다저스 구단의 위대한 투수인 자네가 지금처럼 좋은 경기력을 유지하려면 당연히 먹는 것부터 신경을 써야지. 내 앞이라고 체면 차릴 것 없네. 나도 자네 나이 때에는 정말 엄청 먹었으니까. 허허허!"

70살이 넘은 나이임에도 확실히 체격이 건장했다.

단순히 좋은 음식을 먹어서가 아니라 타고난 체격이 좋다는 뜻이고, 저런 좋은 체격을 지금까지 유지시키기 위해서는 당연히 음식 섭취 또한 다른 사람들보다 많을 수밖에 없었다.

끝내 마크 앨런 구단주는 지배인을 불러서 몇 가지의 음식을 더 시켰다.

"미안하군. 나만 혼자 이렇게 와인을 마셔서."

"신경 쓰실 것 없습니다."

마크 앨런 구단주가 마시고 있는 붉은 와인은 한 잔에 무려 800달러라고 했다.

도대체 얼마나 대단한 술이기에 저렇게 비싼 건지 의문이 생겼지만, 재벌의 입맛은 참 대단하구나 하고 말았다.

음식이 나올 때마다 나는 묵묵히 포크와 나이프만 움직였다.

그렇게 적당히 음식 섭취가 끝나자 마크 앨런 구단주가 먼저 말을 꺼냈다.

"우선 고맙다는 말부터 해야겠군. 자네 덕분에 우리 다저스 구단의 위상이 무척이나 높아졌네. 전 세계적으로도 자네 덕택에 많은 홍보가 되고 말이야. 허허허!"

무척이나 기쁘다는 듯 마크 앨런 구단주는 진심으로 즐거워했다.

"그래서 말인데, 자네에게 그 보답을 해야 할 것 같더군."

"이미 충분한 연봉과 대우를 받고 있다고 생각합니다."

"그래도 그건 아니지. 자네가 이번에 새롭게 세운 기록들이 어디 보통 기록들인가? 무려 40년 만의 기록이야. 더욱이 LA 다저스의 투수가 세웠던 기록을 다시 LA 다저스의 투수가 갱신했으니 구단주로서 어찌 기쁘지 않겠는가? 그리고 자네는 이미 연봉 이상의 활약을 해주고 있으니 이번 기록에 대한 보상이 마땅히 따라야 한다고 생각하네. 그래서 알아보니 자네는 특별한 취미 활동도 없고, 다른 선수들처럼 특별히 좋아하거나 수집하는 것도 없는 것 같아서 고민 끝에 집을 하나 지어줄까 하는데… 어떤가?"

"예?"

너무나도 당황스러운 제안이었다.

집이라니.

마크 앨런 구단주와 같은 재벌이 지어준다는 집이면 그 규모가 벌써부터 부담스러웠다.

무엇보다 왜 집일까?

자연스럽게 의문이 들었다.

순간, 황병익 대표가 했던 말들과 연관이 지어졌다.

'LA를 떠나지 말라는 의도인가?'

괜찮은 집을 사주겠다는 것도 아니고 짓는다?

LA에 정착을 하라는 뜻으로밖에 들리지 않았다.

"현재 살고 있는 집을 자네에게 선물로 줄까 생각도 해봤지만, 그건 의미가 없어 보이더군. 그래서 이왕이면 구장 인근으로 자네에게 딱 맞는 집을 하나 짓는 것이 가장 좋을 것 같다는 생각이 들었네. 몇몇 건축가들을 자네에게 보내 줄 테니 그들을 통해서 외관부터 내부까지 모두 자네의 마음에 들도록 집을 짓게나."

"제안은 고맙습니다만 너무 부담스럽습니다. 지금 집에서 머물 수 있도록 구단에서 배려해 준 것만 하더라도 충분히 감사하고 있습니다. 그러니……."

"아니야. 자네는 우리 다저스 구단의 전설이 될지도 모르는 투수인데 그 정도는 당연하지. 미리 해두는 말이지만, 혹시라도 나중에 집을 팔아야 할 때가 오거든 시세보다 더 얹어서 구단 측에서 사들이겠네. 기념관으로 꾸며놓으면 참 좋을 것 같지 않은가? 허허허!"

이미 집을 지어주기로 확실하게 마음을 굳힌 마크 앨런 구단주였기에 어떤 말을 하더라도 통하지 않을 것 같았다.

무엇보다 구단주의 호의를 거절하면 대놓고 다저스를 떠나겠다는 의도로밖에 비춰지지 않을 것 같아 하는 수 없이 받아들여야만 했다.

이후, 이런저런 대화를 주고받았지만 내용들은 큰 의미가 없었다.

팀 생활이나 구장에 대한 불만, 구단에 대한 아쉬움 등부터 시작해서 7월에 있을 IBAF 챔피언스 리그에 대한 기대, 8월에 있을 올림픽 출전에 대한 이야기 등등 크게 기억에 남겨둬야 할 말은 없었다.

그렇게 식사가 끝나고, 가볍게 디저트를 먹을 때가 되어서야 마크 앨런 구단주가 본격적인 이야기를 꺼냈다.

"작년에 내가 했던 말 기억하나?"

기억하고 있다.

"자네가 정말 세계 최고의 투수가 된다면 내가 이 자리에서 확실하게 약속을 하지. 자네가 은퇴하는 그 순간까지 절대 부족함이 없는 세계 최고의 대우를 해주겠네."

아직 이른 판단이라 할 수 있겠지만, 많은 전문가들과 팬들은 나를 메이저리그 넘버원 투수라고 부르고 있기도 했다.

경력이 짧기는 하지만 당장 눈에 보이는 성적이 그걸 증명하고 있었으니 반박을 하기 힘든 건 사실이다.

"기억하고 있습니다."

"아무래도 그때 했던 약속을 지켜야 할 것 같네."

마크 앨런 구단주의 얼굴엔 희미한 웃음기가 자리를 잡고 있었다.

어떤 의미에서의 웃음인지는 정확하게 판단할 수 없었지만, 꽤나 복잡한 감정이 뒤섞여 있다는 건 알 수 있었다.

"마크 앨런 구단주가 어떠한 제안을 하더라도 차지혁 선수는 우선 한발 뒤로 물러나면 됩니다."

황병익 대표가 오늘 아침에 했던 말이 떠올랐다.

아무리 놀랄 만한 조건을 내건다 하더라도 협상은 에이전트인 자신에게 맡기라고 했던 말.

그 다짐을 갖고 마크 앨런 구단주의 말을 기다렸다.

"나는 자네를 그 어떤 구단에도 보내고 싶지 않네. 그래서 감히 자네를 넘볼 수도 없게끔 만들기로 했지. 한 번 보고 판단해 보게."

마크 앨런 구단주는 레스토랑 지배인이 디저트와 함께 가지고 온 서류를 내게 내밀었다.

서류의 내용을 볼 필요가 있을까?

어차피 내 계약 문제는 황병익 대표에게 모두 일임했으니 굳이 내가 여기서 서류를 볼 이유가 있나 싶었다.

내가 머뭇거리자 마크 앨런 구단주가 넌지시 말했다.

"궁금하지 않나? 구단과의 계약 협상은 에이전시에서 담당하고 있다 하더라도 기본적인 궁금증은 풀어야 하질 않겠나? 나 역시 이 자리에서 자네에게 어떤 확답을 받고자 하는 마음은 없으니 우선 조건이나 한 번 보도록 하게."

궁금하긴 했다.

과연 마크 앨런 구단주가 직접 내린 나에 대한 가치 평가가 얼마나 되는지.

천천히 서류 파일을 열었다.

Chapter 9

　호텔로 돌아와 부모님과 황병익 대표를 만났다.

　무슨 이야기를 했는지, 어떤 제안을 했는지 궁금해하는 것들에 대해서 모두 설명을 해드렸다.

　특히 집을 지어주기로 했다는 말에는 모두가 깜짝 놀랄 수밖에 없었다.

　"집은 확실히 예상하지 못했던 보상이군요."

　황병익 대표도 구단주의 통 큰 선물에 혀를 내둘렀다.

　어느 정도의 규모를 생각하고 있는지 알 순 없어도 다저 스타디움 인근에 집을 짓겠다는 건 최소 수백만 달러의 지출을 각오해야만 하는 일이다.

그러나 상상을 초월하는 폭탄은 이제 시작이다.

"황 대표님 말씀처럼 구단주가 직접 계약 조건 변경을 제의했습니다."

"혹시 승낙하셨습니까?"

황병익 대표의 걱정스러운 물음에 나는 곧바로 고개를 저었다.

내 대답에 그제야 황병익 대표의 얼굴 표정이 가볍게 풀렸다.

"어떤 식으로 계약 조건을 변경하고자 하던가요?"

"우선 계약 기간 설정을 종신으로 하고자 했습니다."

"예?"

종신 계약.

말 그대로 선수 생활을 LA 다저스에서만 해달라는 말이다.

황병익 대표는 대충 10년에서 15년 정도를 예상했기에 내 말에 놀란 모습을 감추지 않았다. 물론, 10년에서 15년만 하더라도 내 선수 생활의 전성기를 모두 쏟아 붓는 거지만 종신 계약과는 분명 피부로 와 닿는 느낌이 확연하게 달랐다.

하지만 놀라기엔 아직 일렀다.

"계약금으로 5억 달러를 주겠다고 합니다."

"예에?"

얼마나 놀랐는지 황병익 대표가 벌떡 일어나며 두 눈을 부릅떴다.

"초상권 수익 배분 비율은 기존 45%에서 75%까지 늘려 주겠다고 했습니다."

"허!"

초상권 수익 배분 비율이 구단과 선수 간에 얼마나 민감한 사안인지 잘 알고 있는 황병익 대표였기에 그의 놀람은 당연했다.

75%의 비율을 선수가 가져간다는 건 엄청난 조건이다.

그 어떤 슈퍼스타라 하더라도 가져갈 수 없는 비율이라고밖에 설명할 방법이 없다.

이쯤 되면 이제 연봉이 과연 얼마나 될지 궁금할 수밖에 없다.

"연봉은… 얼마를 주겠다고 했습니까?"

물음을 건네 오는 황병익 대표의 음성이 떨리는 것처럼 느껴졌다.

"연봉은 매년 3천만 달러에다가 옵션을 대량 삽입한 조건이었습니다."

생각 외로 적다 느꼈는지 황병익 대표가 살짝 실망한 표정을 드러냈다.

확실히 연봉만 놓고 보면 적다 느낄 수 있지만, 계약금 5억 달러까지 더하면 10년만 LA 다저스에서 선수 생활을 해도 무려 8억 달러를 벌어들이는 셈이다.

과연 어느 누가 적다 할 수 있을까?

무엇보다 이게 끝이 아니다.

옵션 조건이 따로 있었다.

"출장 수당으로 10만 달러, 승리 수당으로 30만 달러의 기본 옵션이 포함되어 있습니다."

"예? 추가 수당제라는 겁니까?"

아직까지 야구계에서는 축구계처럼 수당제가 도입되어 있질 않았기에 황병익 대표가 놀라는 것도 당연했다.

"예. 매년 3천만 달러는 기본 연봉이라서 제가 부상을 당한다 하더라도 매년 보장되는 금액입니다."

"아!"

보장 금액이 3천만 달러다.

이건 의미하는 바가 무척이나 클 수밖에 없다.

야구 선수들은 부상을 당하면 1, 2주는 가볍게 넘기는데 부상 기간이 길어지거나 자주 부상을 당해서 경기에 출장하는 빈도가 줄어들면 당연히 연봉이 삭감될 수밖에 없다.

그렇기에 아무리 고연봉을 받는다 하더라도 부상으로 한

시즌을 통째로 날리거나 하면 실질적으로 수령하는 연봉은 대폭 줄어들 수밖에 없었다.

그러니 보장 금액 3천만 달러는 엄청난 액수라 부를 수 있었다.

여기에다 매년 사이영상, MVP를 수상하면 보너스로 500만 달러, 올스타에 선정되면 100만 달러를 추가로 지급받는다. 작년 같은 경우라면 무려 이것만으로도 1,100만 달러를 받게 되는 셈이다.

그 외 세부적으로 이닝 보너스, 평균 자책점 보너스 등까지 더하면 작년과 같은 경우, 무려 5,060만 달러를 다저스로부터 받을 수 있게 된다.

매년 변동 폭이 생길 수밖에 없지만, 작년과 같은 성적을 꾸준히 유지하기만 한다면 매년 5천만 달러를 받는 첫 메이저리거가 되는 셈이다.

이야기를 모두 듣고 난 황병익 대표는 고개를 절레절레 저었다.

"지금까지 이런 형식의 계약을 체결한 적이 없어서 좀 낯설기도 하고 생소하기도 하지만 분명 엄청난 계약 조건인 건 확실합니다. 하지만 종신 계약이라는 점이 확실히 큰 단점인 것 또한 사실입니다. 지금 기준으로는 당연히 좋은 계약 조건이지만, 앞으로 10년 후에는 지금의 계약 조건이 좋다고 할 수 있을지 장담할 순 없습니다."

맞는 말이다.

10년 전 물가와 지금의 물가가 큰 차이가 나듯이 지금 계약 조건 역시 10년 후에도 좋다고 부를 수 있을지는 모를 일이다.

"구단주의 의중을 알았으니 협상은 더 쉬워질 겁니다. 협상에서 가장 중요한 열쇠를 쥐고 있으니 큰 도움이 될 것 같습니다."

"도움이 되었다면 다행입니다."

"무척이나 큰 도움이 되었습니다. 아, 그런데 바이아웃 조항에 대해서는 언급이 없었습니까?"

황병익 대표의 물음에 나도 모르게 피식 웃고 말았다.

내 웃음에 황병익 대표는 물론, 옆에 앉아 있던 아버지와 어머니까지 모두 왜 웃냐는 얼굴로 날 바라봤다.

"그렇지 않아도 구단주가 에이전트를 만나거든 이렇게 전해달라고 했습니다. 다른 계약 조건은 모두 변경을 할 수 있지만 바이아웃 금액만큼은 절대 변경할 수 없다고 말입니다."

"도대체 금액이 얼마기에 그렇게까지 말을 한 겁니까?"

궁금해 하는 황병익 대표의 얼굴을 보며 나는 다시 마크 앨런 구단주가 건네줬던 서류의 한 부분을 떠올렸다.

바이아웃 : $10,000M.

＊　　　＊　　　＊

6월 3일 토요일, 워싱턴 내셔널스와의 경기.

워싱턴 내셔널스의 홈구장인 내셔널스 파크(Nationals Park)는 지옥을 방불케 했다.

경기장을 찾은 엄청난 수의 취재진과 관중들 때문이었다.

지난 이틀 동안 있었던 1차전과 2차전에서는 관중석 곳곳이 비어 있었지만, 오늘 3차전은 확연하게 달랐다.

무엇이 다르냐고 묻는다면…….

"원정 경기에서도 만원 관중 동원력을 발휘하다니… 정말 넌 대단한 놈이다."

형수가 나를 향해 엄지손가락을 치켜세웠다.

형수의 말대로 오늘 경기에서 내가 선발로 등판한다는 사실 하나가 관중 몰이를 한 거다.

아직까지도 유지 중인 연속 이닝 무실점에 대한 기대.

7경기 연속 승리, 2경기 연속 완봉승.

마지막으로 라이징 패스트볼까지.

이런 점들이 수많은 취재진과 관중들을 끌어모은 원동력이 됐다.

특히 63이닝 연속 무실점 기록과 라이징 패스트볼은 단연 최고의 흥행 아이템이다.

오늘 경기 역시 미국 전역으로 생중계가 된다.

작년 시즌 워낙 압도적인 활약을 보였기에 올 시즌 개막 전부터 시작해서 내가 선발로 등판하는 경기는 단 한 경기도 빼놓지 않고 전국 방송을 타고 있었는데, 메이저리그 투수들 가운데 유일하다고 했다.

시청률도 꽤 높은 편이라 덕분에 LA 다저스 구단은 짭짤할 중계료를 챙기고 있는 중이다.

"그나저나 토렌스 때문에 신경 쓰여서 죽겠다."

형수의 말에 나 역시 동감한다는 듯 고개를 끄덕였다.

현재 LA 다저스의 주전 포수 자리는 의외로 형수가 급성장을 하면서 2인 체제로 이끌어나가고 있었다.

기본적으로 형수의 타격 능력이 토렌스에 비해 워낙 압도적인 것도 있었지만, 작년보다 월등하게 향상된 수비 실력 또한 부정할 수 없는 사실이다.

잔인했던 4월을 이겨낸 형수는 5월부터 날아다니고 있는 중이다.

5월 성적만 놓고 보면 3할 중반의 타율과 6개의 홈런까지 팀의 중심 타선 역할을 맡겨도 충분할 정도였다.

여기에 5월부터 꾸준하게 나와 배터리를 맞추면서 최고의 성적을 내고 있으니 게레로 감독의 신임을 듬뿍 받을 수밖에 없었다.

문제는 바로 이 부분이다.

토렌스는 다른 건 몰라도 내가 주전 포수가 아닌 백업 포수인 형수와 지속적으로 선발 출장을 한다는 사실에 꽤나 불만을 갖고 있었다.

에이스 투수를 백업 포수에게 뺏겼다는 사실이 중요한 거다.

"요즘에는 나와 눈도 마주치지 않으려고 한다니까."

"자존심이 상했겠지."

아직 32살밖에 되지 않았고 작년까지 든든하게 LA 다저스의 안방을 지켰던 만큼 아무리 성격이 좋은 토렌스라 하더라도 현 상황을 쉽게 받아들이지 못하는 건 당연한 일이었다.

"이제 내가 왜 그렇게 타격에 집착을 했는지 알겠지? 포수로서 수비 능력도 중요하지만 타격 능력이 바닥이면 절대 주전 포수로 살아남을 수 없다니까."

목에 힘을 잔뜩 주며 말을 하는 형수의 모습에 그저 피식 웃고 말았다.

"에이~ 모르겠다! 그렇다고 맨날 내가 혼자 경기에 나가는 것도 아니고. 감독이 생각하는 뭔가가 있으니까 너랑 나를 배터리로 내세우는 거 아니겠어? 더 이상 나도 토렌스 눈치 안 보고 신경 쓰지 말아야지."

어차피 경쟁이다.

다른 건 몰라도 주전 경쟁만큼은 절대 다른 사람을 위해 희생할 필요도, 그럴 이유도 없었다.

"참, 오늘 부모님 한국으로 돌아가신다고 했지?"

"경기 끝나고."

부모님은 오늘 경기가 끝나는 즉시 한국으로 돌아가신다.

아무리 에이전시에서 사람들을 보내줬다고 하지만 아직 고등학교 1학년인 지아를 너무 오랜 시간 홀로 방치하는 건 좋은 일이 아니었다.

물론 지아는 부모님이 조금 더 오래 미국에서 머물길 바라고 있겠지만.

"오랜만에 미국 오셨는데 경기 때문에 변변하게 식사 대접도 한 번 못 해드렸네."

"나랑 다르게 넌 그럴 시간이 없었으니까. 신경 쓰지 마."

"그래도 작년에 지혁이 네가 우리 집에 가서 나 대신 엄마랑 아빠한테 맛있는 것도 사드리고 선물도 주셨다고 얼마나 나한테 신신당부를 하셨는데. 8월에 부산에 가면 한번 근사한 곳으로 모실 수 있어야 할 텐데."

형수의 마음 씀씀이가 고맙기만 했다.

"오늘 같은 날이야말로 화려한 복귀전으로 아주 제격이라고 생각 드는데, 너희들 생각은 어때?"

미치 네이가 나와 형수 사이에 끼어들며 히죽 웃었다.

오늘은 내 선발 경기인 동시에 미치 네이의 2028년 시즌 첫 경기이자, 작년 부상 이후 복귀를 하는 경기였다.

물론 미치 네이의 복귀를 손꼽아 기다리는 팬들은 그리 많지 않았다.

다른 경기 날이었다면 충분히 그의 복귀를 환영했겠지만, 오늘은 아무래도 메인이라 할 수 있는 나로 인해 상대적인 박탈감을 느낄 수밖에 없었다.

그럼에도 불구하고 미치 네이는 오늘을 복귀전으로 감독에게 요청했다고 한다.

전국 방송이라는 점이 결정적이라는 소리를 들었다.

"잘 부탁한다. 슈퍼 에이스! 오늘 확실하게 네 승리에 일조하겠다."

부상에서 회복되어 복귀전을 치르기 때문인지 미치 네이는 굉장히 기분이 좋아 보였다.

몸 상태를 점검하고 올라온 트리플A 경기에서도 작년 시즌 막판에 보여줬던 상승세를 고스란히 보여주면서 컨디션이 절정에 올라가 있음을 증명했기에 오늘 경기에서의 기대감도 높을 수밖에 없었다.

"그럼 클럽 하우스에서 보자고."

어디론가 향하는 미치 네이의 뒷모습을 가만히 바라보던 형수가 내게 조용히 말했다.

"트레이드 이야기도 깨끗하게 들어갔고, 요즘 게레로 감독이랑 사이도 무척 좋아졌다고 하더니 그래서 그런지 기분이 좋아 보이네."

"그러게. 컨디션이 좋으면 나야 고맙지."

"그렇긴 하지만, 그래도 수비는 미치 네이보다는 케럴이 훨씬 좋은데."

아쉽다는 듯 입맛을 다시는 형수였다.

"그것보다도 너 어쩔 거야?"

"어쩌다니?"

"오늘 그거 던질 거야?"

"두 번. 경기 시작과 마지막에."

* * *

최종 스코어 8 : 2.

LA 다저스의 승리로 경기가 끝났다.

나는 8회까지 공을 던졌고, 9회에는 불펜에 마운드를 넘겨줬다.

2실점은 9회 말 불펜 투수의 자책점이다.

형수에게 말했던 것처럼 경기 시작 1번 타자에게 초구를 라이징 패스트볼을 던짐으로써 워싱턴 내셔널스 타자들에게 확실하게 선전포고를 했다.

그리고 8회 말, 마지막 타자에게 마지막 결정구로 라이징 패스트볼을 다시 한 번 던짐으로써 경기장을 찾은 취재진과 팬들의 기대를 충족시켜 줬다.

물론 그들은 더 많은 라이징 패스트볼을 던져 주길 원했겠지만.

오늘 경기는 개인적으로 무척이나 만족스러웠다.

경기 첫 번째 공부터 라이징 패스트볼로 워싱턴 내셔널스 타자들을 압박한 효과는 굉장히 컸다.

이후 마지막 공을 던지기 전까지 라이징 패스트볼을 던지지는 않았지만, 최고 101마일까지 나온 포심 패스트볼과 12-to-6 커브를 적절히 이용해서 8이닝 무실점이라는 훌륭한 성적표를 받아 들었다.

내가 잘 던진 것도 있었지만 워싱턴 내셔널스 타자들의

라이징 패스트볼에 대한 정신적 압박감이 내겐 큰 도움이
됐다.

패스트볼을 던질 때마다 움찔거리거나 의도적으로 스윙
궤적을 평소보다 높게 그려내는 상대 타자들을 볼 때면 괜
히 웃음이 나오기도 했다.

오늘 경기에서도 무실점을 기록하면서 연속 이닝 무실점
기록이 71이닝으로 껑충 뛰었다.

경기장을 찾은 취재진들에겐 좋은 기사 거리를 제공할
수 있었고, 내 경기를 보기 위해 티켓을 끊은 팬들에게도
의미 있는 경기를 관전시켜 줌으로써 돌아가는 발걸음을
가볍게 만들어줬다.

경기가 끝나고 수많은 취재진들과 간단하게 인터뷰를 마
치고 곧바로 부모님을 모시고 공항으로 향했다.

공항에서 부모님과 작별 인사를 하고 돌아오는 발걸음은
여전히 무거웠다.

8월이면 올림픽 때문에 한국에 들어가지만, 대표팀 일정
에 맞춰서 숙소 생활을 해야만 했기에 부모님과 함께 보낼
여유가 있을 거라고는 생각이 들지 않았다.

부모님을 공항까지 모셔다드리고 호텔로 돌아오니 황병
익 대표가 전화를 했다.

―계약 조건 조정에 진전이 있었습니다. 아직까지 우리가 원하는 수준까지는 도달하지 못했기에 조금 더 조정을 이끌어낼 생각입니다. 그리고 조만간 이번 협상에 대한 소문을 살짝 유포하게 될 겁니다. 알고 있습니다. 차지혁 선수가 LA 다저스에 남고자 하는 마음은 알지만, 이번 협상의 조건을 최대한 끌어올리기 위해선 다저스의 협상팀이 생각할 틈을 줘서는 안 됩니다. 하하하. 이 바닥이 원래 좀 그렇습니다. 어쨌든 그 부분에 있어서는 차지혁 선수가 신경 쓰실 필요 없습니다. 다만 재계약 소문이 떠돌더라도 차지혁 선수는 이번 일에 대해서 아무것도 모르고 신경 쓸 이유도 없다는 액션만 보여주시면 됩니다. 부탁드립니다.

황병익 대표는 모든 일을 제쳐 두고 내 계약 문제에 매달렸다.

두 번 다시없을 초대형 계약이니 당연했다.

어떤 식으로 계약을 진행하든 결과적으로는 만족하지 않을 수 없는 계약이기에 나로서는 그저 느긋하게 기다리면 되는 일이었다.

황병익 대표와의 전화 통화를 마치고 나자 오랜만에 반가운 사람에게 전화가 왔다.

랜디 존슨이었다.

내가 세운 기록들에 대해서 축하한다는 말과 함께 8일 샌프란시스코 자이언츠와의 LA 홈경기에 직관을 하겠다고 전해왔다.

당연히 경기가 끝나면 나와 만나서 이런저런 이야기를 할 생각이니 이틀 정도만 우리 집에서 머물 수 있도록 해달라고 했다.

통화를 끝내고 핸드폰을 내려놓기가 무섭게 다시 벨이 울렸다.

이번에는 클레이튼 커쇼였다.

―척! 축하해!

약간 흥분한 듯한 커쇼의 음성이었다.

놀랍게도 커쇼는 현재 LA에 머물고 있다고 했다.

순전히 나를 만나기 위해 LA에 온 거라면서 이번 워싱턴 원정 경기가 끝나고 LA로 돌아가면 꼭 만나자는 약속을 하곤 전화를 끊었다.

메이저리그의 살아 있는 전설들이 나를 만나려고 한다는 사실에 기분이 무척이나 좋아졌다.

"야구를 시작했을 때만 하더라도 이런 일은 상상도 못 해 봤었는데."

피식피식 새어 나오는 웃음과 함께 눈꺼풀이 무겁게 가라앉았다.

Chapter 10

　4일에 있었던 워싱턴 원정 4차전까지 마치고 LA로 돌아
왔다.

　집에 도착하니 진수성찬이라고 해도 과언이 아닐 정도의
푸짐한 요리들이 가득 차려져 있었다.

　"대기록 달성 축하합니다. 달리 해드릴 건 없고, 맛있는
음식이라도 드시고 더욱 힘내서 앞으로도 지금처럼 꾸준한
활약으로 메이저리그 최고의 투수가 되길 바랍니다."

　주혜영이 내 기록들에 대한 축하의 의미로 차린 음식들
이었다.

"오늘 배 터지게 먹어보자! 흐흐흐!"

가장 신난 사람은 형수였고, 그날 저녁은 정말 소화제를 마셔야 할 정도로 과식을 하고 말았다.

다음 날, 아침 일찍 단장실로 향했다.

"차지혁 선수!"

업무를 보고 있던 맥브라이드 단장이 나를 발견하기가 무섭게 달려와 힘껏 포옹을 했다.

"제가 지금까지 다저스의 단장으로 있으면서 만난 최고의 행운은 바로 차지혁 선수를 영입한 겁니다! 하하하!"

격한 환영 인사에 한 번 웃어주고는 자리에 앉아서 이런 저런 이야기를 나누었다.

그리고 예상은 했지만 재계약에 대한 이야기도 나왔다.

그럴 수밖에 없는 게, 이미 몇몇 언론을 통해서 대대적으로 기사화되었기 때문이다.

LA 다저스에서 종신 계약을 준비 중이다, 계약금만 몇 억 달러다, 연봉이 얼마다 등등 금액적인 부분에서는 틀린 부분이 다소 존재했지만 계약 진행에 대한 기사는 상당히 구체적이었다.

덕분에 난리가 났다.

미국과 한국은 물론, 일본에서까지도 내 계약에 대한 이야기가 핫 키워드로 떠올라 있었다.

"다저스 구단의 입장은 확고합니다. 절대 무슨 일이 있어도 차지혁 선수를 타 구단으로 보내지 않겠다는 거죠. 알고 있겠지만 현재 에이전트와 계약에 대한 협상 상황도 긍정적입니다."

맥브라이드 단장의 말을 그저 묵묵히 듣기만 했다.

사소한 행동과 말 하나가 황병익 대표의 움직임에 걸림돌이 될 수도 있다는 걸 알기 때문에 뚜렷한 긍정도, 부정도 보일 수가 없었다.

"계약 진행에 앞서 선수 본인의 의지를 단장으로서 확인하고 싶군요. 솔직하게 대답해 주면 고맙겠습니다. 차지혁 선수에게 LA 다저스는 어떤 의미입니까? 진심으로 후회 없이 선수 생활을 끝마칠 수 있는 구단이라 생각하고 있습니까?"

그럴 수 있을까?

맥브라이드 단장의 말을 가만히 생각해 봤다.

지금까지 나는 대부분의 투수들이 꿈꿔왔던 일들을 거의 다 이뤄냈다.

고작 데뷔 2년 차의 신인이지만 투수라면 누구나 꿈꾸는 사이영상, 시즌 MVP, 신인왕, 역대 최저 평균자책점, 20승 달성, 퍼펙트게임, 올스타 선정, 각종 신기록 등등 짧은 시간 내에 거의 모든 걸 다 이뤄냈다.

유일하게 하나 남은 것이 있다면 월드 시리즈 우승뿐이다.

LA 다저스는 무려 40년 동안 월드 시리즈 우승을 하지 못하고 있다.

40년이 50년이 될 수도 있고, 60년이 될 수도 있다.

그건 아무도 모르는 일이다.

물론 월드 시리즈 우승과 인연이 없다면 어느 팀을 가더라도 은퇴하기 전까지 우승 반지를 껴보지 못할 수도 있다.

그저 가능성에 기대를 걸 뿐이다.

LA 다저스의 월드 시리즈 진출과 우승 가능성은?

매년 30개의 메이저리그 구단 중 1, 2순위에 꼽히는 LA 다저스다.

올 시즌에도 월드 시리즈 우승 1순위에 당당히 선정된 LA 다저스였다.

물론 확신은 없다.

보유하고 있는 선수단의 최상의 전력을 통한 비교 분석일 뿐이다.

그러나 핵심 선수들이 부상으로 전력에서 이탈하거나, 컨디션 난조로 제 실력을 발휘하지 못하는 불상사가 벌어지지 않는 이상 그 어떤 구단보다 월드 시리즈 우승 가능성이 높다는 뜻이니 머지않아 월드 시리즈 우승을 일궈낼 가능성이 무척이나 높은 건 사실이다.

'월드 시리즈 우승만 한다면… 후회할 일은 없겠지.'

대답을 기다리는 맥브라이드 단장을 향해 입을 열었다.

"LA 다저스와 제가 같은 꿈을 꾸고 있다면 후회하지 않을 자신은 있습니다."

같은 꿈을 꾼다는 건, 서로 함께 노력하며 앞으로 나아간다는 약속이다.

그거면 충분하다.

내가 LA 다저스에 바라는 건 그 정도면 충분했다.

"같은 꿈이라… 그렇다면 이 계약이 어긋날 이유가 없을 것 같습니다. 하하하하!"

시원하게 웃음을 터뜨리는 맥브라이드 단장이었다.

맥브라이드 단장과 대화를 마치고 밖으로 나오니 커쇼가 기다리고 있었다.

"네가 던진 공이 정말 라이징 패스트볼이야?"

첫 인사부터 커쇼가 날 찾아온 이유와 목적을 알 수 있었다.

"이렇게 서서 대화를 나누기엔 긴 이야기가 될 것 같습니다. 자리부터 옮기시죠."

"물론이지!"

들뜬 표정의 커쇼와 함께 다저 스타디움에 있는 선수 휴게실로 향했다.

이른 오전 시간이었기에 휴게실에는 아무도 없었다.

"이제 이야기를 시작해 볼까?"

약간 여유로운 스타일이었던 커쇼였기에 재촉하는 그의 모습이 낯설게 느껴졌다. 반대로 말하면 그만큼 라이징 패스트볼에 대한 궁금한 점이 많다는 뜻이었기에, 랜디 존슨과의 이야기부터 신구종에 대한 것까지 차근차근 설명을 시작했다.

긴 설명이 끝나자 커쇼는 자신의 궁금증이 모두 해소됐다는 듯 개운한 표정을 보였다.

"손목은 어때? 평소보다 손목이 아플 것 같은데?"

역시 커쇼였다.

단순한 설명만으로도 어디에 문제가 있을지 한눈에 파악했으니까.

"솔직하게 말해서 한 경기에 많은 공을 던질 순 없습니다. 손목에 통증이 생기거든요."

"그렇겠지. 조심해야 해. 투수의 몸은 하루아침에 만들어지는 게 아니라서 오랜 습관에서 벗어나면 자연스럽게 밸런스가 깨지고, 그렇게 깨진 밸런스로 인해 무리하게 투구를 하다보면 결국에는 치명적인 부상이 발생하거든."

"알고 있습니다."

"손목 통증 때문에 지난 경기에서 라이징 패스트볼을 두 번밖에 던지지 않은 거야?"

"그런 이유도 있지만, 굳이 라이징 패스트볼을 많이 던질 필요가 없었습니다."

쿠어스 필드가 아니니 다른 구종들로도 충분히 타자들을 상대할 자신이 있었다.

"그랬군. 하지만 타자들을 압도할 수 있음에도 불구하고 라이징 패스트볼을 꾸준하게 던지지 않는다는 걸 알게 된다면 타 구단의 전력 분석원들이 그 이유를 분명하게 밝혀내게 될 거야."

커쇼의 말에 나는 슬쩍 웃었다.

"상관없습니다. 알게 된다 하더라도 어차피 공을 던지지 못하는 게 아니잖습니까."

"하긴."

라이징 패스트볼을 던지기 직전 어떤 특별한 징후나, 습관, 버릇 등이 드러난다면 문제가 되겠지만, 그런 것이 전혀 없는 지금으로서는 내가 한 경기에 라이징 패스트볼을 많이 던지지 못한다는 걸 알아도 아무런 문제가 될 게 없었다.

"그럼 신구종은 어떤 공이지?"

커쇼의 눈동자가 다시 반짝였고, 그걸 바라보는 나는 괜히 부담스러웠다.

커쇼와 헤어지고 집으로 돌아가니 어느덧 점심시간이었다.

새벽 일찍 일어나 오전 운동을 간소하게나마 해뒀지만, 훈련량이 부족했기에 점심을 먹고 곧바로 훈련을 시작했다.

"나 먼저 갈까?"

가방을 어깨에 짊어진 형수가 나를 찾아와선 그렇게 물었다.

오늘은 애틀랜타 브레이브스와 홈 3연전의 첫 번째 경기가 있었다.

나야 선발 투수에다 로테이션에 맞춰서 이번 애틀랜타 홈 3연전에는 마운드에 올라갈 일은 없었지만, 본의 아니게 팀 경기 때마다 참석하는 것보다 빠졌던 날들이 많았기에 동료 선수들의 눈치가 보였다.

"잠깐만 기다려."

하던 운동을 마무리하고 재빨리 가방에 짐을 챙겨 형수와 함께 다저 스타디움을 향해 걸었다.

"계약은 어떻게 잘되고 있어?"

형수가 처음으로 계약에 대해서 물었다.

황병익 대표의 당부도 있었지만, 나 역시 아직 계약이 협상 중이라 섣부르게 말을 꺼내기 싫어 가장 친한 형수에게도 말을 하지 않았었다.

형수 역시도 계약 문제는 워낙 민감한 사항이라 내게 묻질 않았는데 눈치는 무척이나 궁금해하는 게 며칠 전부터 느껴졌었다.

"황 대표님이 다 알아서 하는 거니까."

"그거야 그렇지만, 기본적인 계약 내용이나 진행 상황은 너도 알고 있을 거 아냐? 진짜 궁금한 게 있는데, 정말로 다저스에서 종신 계약을 요구했냐?"

말을 할까, 말까 갈등하다 이내 형수에게는 말해도 괜찮다 싶어 대답해 줬다.

"그래."

"대박! 그럼 계약금도 정말 3억 달러야?"

언론 보도에서는 계약금이 3억 달러라고 나와 있었다.

"그건 협상을 해봐야 아는 문제라 지금 내가 뭐라고 확실하게 대답을 해줄 수가 없다."

"그건 그렇다 치고, 연봉은? 종신 계약이면 연봉 무지막지하게 주겠지? 너 정도라면 최소 2,500만 달러에서 3,000만 달러는 되겠지?"

계약금만 따로 3억 달러라고 생각하면 형수의 말대로 연봉을 예상하기 쉽다.

"그것도 나는 잘 몰라. 확실한 건 황 대표님의 협상 능력에 달려 있는 거니까."

"하긴. 다년 계약도 아니고 종신 계약이니 앞으로 10년 후의 화폐 가치나 시장 경제 등을 생각했을 때 쉽게 생각할 문제는 아니겠다. 어쨌든 부럽다, 종신 계약이라니. 운동선수에게 그것보다 좋은 계약이 어딨겠냐?"

형수가 부럽다는 듯 날 바라봤다.

"지혁아, 나도 이번 기회에 다저스와 종신 계약을 시도해 볼까?"

"뭐?"

"솔직히 말해서 이제는 너를 상대로 타자로 만나고 싶다는 생각이 손톱만큼도 없다. 고등학교 때나 네가 한국 무대에서 활약할 때까지만 하더라도 언젠가는 너와 멋진 승부를 내보고 싶다는 생각을 하기도 했지만, 요즘 네가 던지는 공을 받다 보면 자신감이 없어져서 말이야."

"그래서 나랑 같은 구단에서 평생 함께하겠다고?"

"좋잖아? 이것보다 더 의미 있는 일이 어딨겠어? 그리고 나중에 변명 거리도 되고."

"변명 거리라니?"

내 물음에 형수가 음흉스럽게 웃었다.

"어쨌든 공식적으로 너와 투수와 타자로 대결을 하지 않았으니까 우리 사이의 승부는 무승부잖아? 대부분의 타자들이 너한테 박 터지게 깨졌어도 나는 아니라 이거지. 나중에 애들 낳으면 얼마든지 내 마음대로 말을 할 수도 있고. 흐흐흐!"

어처구니없다는 표정으로 녀석을 바라봤다.

저런 한심한 생각을 하고 있을 줄이야.

하지만 뒤이은 형수의 말은 전혀 한심하지 않았다.

"그리고 평생 네 공을 받을 수 있게 된다면 나 역시 사람들이 오랫동안 기억해 주지 않겠어? 네가 전설적인 기록들을 세울 때마다 내가 함께한다면 그 자체만으로도 나 역시 사람들의 기억 속에 메이저리그를 호령했던 포수로 남지 않을까? 문득 그런 생각이 들더라. 네가 정말 다저스와 종신 계약을 하게 된다면 나 역시 어떻게든 다저스를 떠나지 말고 네 곁에서 너의 공을 가장 많이 받았던 메이저리그 포수로 남고 싶다고."

말을 하며 형수가 쑥스럽다는 듯 웃었다.

형수의 진심이 느껴졌다.

나 역시 형수가 나와 함께 전설적인 포수가 된다면 얼마나 기쁠까 싶은 생각이 들었다.

"너 계약 얼마나 남았다고 했지?"

"3년. 에이전시 계약은?"

"그렇지 않아도 올해 재계약 이야기가 나오고 있는데 솔직히 잘 모르겠다."

"황 대표님과 이야기를 좀 해봐."

"나도 생각을 해보지 않은 건 아니지만, 내가 너랑 같은 에이전시에 소속되어 있으면 아무래도 왠지 비교당하는 기분이 들까 봐 좀 그렇더라."

형수 입장에서는 충분히 걱정할 수 있는 부분이란 생각이 들었지만, 황병익 대표라면 나와 형수의 관계를 아는 만큼 형수를 섭섭하게 하지는 않을 것 같기도 했다.

"판단은 네가 하는 거지만… 너도 황 대표님 자주 봐서 알잖아? 내 생각에는 네가 섭섭할 정도의 행동은 없을 것 같은데."

"그러려나?"

형수가 고민을 하는 사이 어느덧 다저 스타디움에 도착했다.

*　　　*　　　*

애틀랜타 브레이브스와의 LA 홈 3연전은 2승 1패를 기록하며 위닝 시리즈를 가져갔다.

내셔널리그 서부 지구 1위에 오른 이후로 단 한 번도 2위로 내려앉지 않고 있을 정도로 올 시즌 다저스는 승률이 높았다.

그렇다고 안심할 수 있는 수준은 절대 아니었다.

다저스에 밀려 2위를 달리고 있지만, 샌디에이고 파드리스의 승률 또한 만만찮기 때문이었다.

반면 항상 지구 1, 2위를 다투었던 샌프란시스코 자이언츠의 하락세가 생각보다 심각했다.

현재 순위 4위.

기어이 콜로라도 로키스에게 3위 자리마저 내주고 말았다.

딱히 주전 선수들의 부상이나 부진이 많은 것도 아니었음에도 샌프란시스코 자이언츠의 승률은 급속도로 낮아지고 있었다.

"자이언츠가 이렇게까지 망가질 줄이야. 어제 경기까지 패배하면서 벌써 9연패지?"

9연패.

샌프란시스코 자이언츠라는 강팀에 어울리지 않는 연패다.

보스턴 원정, 세인트루이스 원정, 그리고 홈에서의 충격적인 3연패까지.

밑바닥까지 떨어진 샌프란시스코 자이언츠 팬들은 지구 라이벌인 다저스 원정에 대한 기대감이 전혀 없을 정도였다.

불운하게도 이번 LA 원정에서 맞상대를 해야 할 다저스의 선발 투수들은 나를 비롯해서 딜런 아담스, 존 로더키였다.

현재 우리 세 사람을 두고 내셔널리그 막강 선발 트리오라고 부르고 있을 정도로 승률이 굉장히 높았다.

현재 내가 14승, 딜런 아담스 8승, 존 로더키 7승으로 도합 29승을 합작하고 있는 중이었다. 무엇보다도 딜런 아담스와 존 로더키의 경우 다저 스타디움에서의 승률이 무척이나 높았기에 다저스 팬들 사이에서는 이번 원정으로 인해 샌프란시스코 자이언츠가 치욕의 12연패에 빠지게 될 거라는 조롱까지 하고 있었다.

그렇게 시작된 1차전.

역시나 엄청난 수의 취재진과 구름처럼 몰려든 관중들의 관심은 나에게 있었다.

특히 원정 경기에서 라이징 패스트볼을 선보인 나에게 홈팬들은 홈구장에서의 라이징 패스트볼을 강렬하게 요구하고 있었다.

관중들 사이사이에 피켓을 든 팬들은 너 나 할 것 없이 라이징 패스트볼이 적혀 있을 정도였다.

팬들의 바람대로.

쐐애애애애애액.

부우웅!

퍼어— 어엉!

샌프란시스코 자이언츠의 1번 타자 데릭 힐에게 결정구로 라이징 패스트볼을 던짐으로써 첫 번째 삼진을 잡아냈다.

—우와아아아아아아아!

관중들의 함성이 다저 스타디움을 뒤덮었다.

홈에서 처음으로 선보이는 라이징 패스트볼에 관중들의 흥분도는 무척이나 높아질 수밖에 없었다.

하지만 오늘 경기에서도 라이징 패스트볼은 극도로 자제했다.

그럼에도 불구하고 연패의 늪에 빠진 샌프란시스코 자이언츠 타자들은 무기력하게 타선에서 물러났고, 8회까지 단 하나의 안타만을 내주며 무실점 기록을 이어나갈 수 있었다.

어렵지 않게 시즌 15승을 올렸고, 79이닝. 연속 무실점으로 대기록을 연장시켰다.

경기가 끝나고 집으로 돌아가니 약속대로 랜디 존슨이 집 앞에 기다리고 있었다.

"배가 고프군."

랜디 존슨의 첫마디는 밥 달라는 말이었다.

"역시 한식은 부담이 없군."

만족스러운 표정의 랜디 존슨의 모습에 매실차를 내어주고는 설거지를 했다. 이대로 아침까지 내버려 두면 집에 냄새가 날 수도 있었기에 직접 밥도 차렸으니 마무리까지 깔끔하게 끝마쳤다.

설거지를 끝내고 주혜영이 직접 구워놓은 쿠키와 우유를 들고 TV를 보고 있는 랜디 존슨의 맞은편에 앉았다.

먹으라는 말이 나오기도 전에 랜디 존슨은 쿠키를 하나 집어 입에 넣어 씹었다.

"달지도 않고 딱 좋군. 어디서 산 거지?"

쿠키가 입에 맞는지 랜디 존슨은 곧바로 또 하나를 집어 들었다.

"우리 집에서 일하시는 분이 직접 구웠습니다. 경기가 끝나거나 밤에 출출하면 간식 대용으로 먹으라고 구워놓은 겁니다."

워낙 운동량이 많은 남자 둘이 사는 집이다 보니 주혜영이 특별히 신경 써서 준비를 해둔 영양 간식으로, 일반적인 쿠키와 다르게 몸에 좋지 않은 당분은 최대한 빼고 영양에 좋은 견과류 등을 직접 갈아서 만들었기에 몸에도 좋아 형수와 내가 상당히 자주 먹는 간식이었다. 물론 맛도 꽤 훌륭했다.

"정말 좋은 가정부를 뒀군."

어느새 4개째 쿠키를 손에 들고 있는 랜디 존슨이었다.

꽤 많은 양의 쿠키를 먹고 나서야 랜디 존슨과 진지한 대화를 나눴다.

가장 먼저 랜디 존슨이 내게 한 말은 라이징 패스트볼을 던질 때 손목에 무리가 가지 않느냐는 거였다.

내가 뭐라고 말하기 전에 비디오 분석 자료를 통해 확인을 했다면서 지속적으로 라이징 패스트볼을 던질 경우 손목에 큰 문제가 생길 수도 있다는 당부를 해줬다.

"현재 던지고 있는 라이징 패스트볼은 어디까지나 네가 던지고자 하는 슬라이더 계열의 신구종을 위한 예행연습이라는 걸 분명하게 알고 있어야 한다. 자칫 라이징 패스트볼에 현혹되어 오랜 시간 마운드를 떠나야 하는 불행한 일이 벌어져서는 안 된다는 걸 명심해."

"알고 있습니다. 그래서 되도록 자제하려고 하는 겁니다."

내 말에 고개를 끄덕이는 랜디 존슨이었다.

다른 사람은 몰라도 랜디 존슨만큼은 내가 어째서 라이징 패스트볼을 극도로 자제하고 있는지 잘 알고 있으리라 여겼고, 내 짐작대로였다.

"그래서 서서히 손목에 무리가 가지 않는 한계 내에서 신구종을 던져 볼까 합니다."

"중지의 힘이 그만큼 강해졌다는 뜻인가?"

"습관처럼 훈련을 하고 있는 중입니다."

말을 하는 지금도 무거운 스냅볼을 중지만으로 튕기며 놀이처럼 연습을 하고 있는 중이었다.

중지의 힘을 최대한 끌어올려야 하고, 감각 역시도 항상 유지해야 내가 던지고자 하는 신구종을 던질 수 있었기에 손에서 스냅볼을 떨어트린 적이 없었다.

야구 선수, 특히 투수들의 경우 스냅볼을 항상 가지고 다녔기에 어느 누구도 내가 스냅볼을 이용해서 훈련을 하고 있다고는 생각하지 않았고, 설령 그렇다 하더라도 워낙 자연스러운 모습이라 크게 신경을 쓸 필요도 없었다.

"너무 완벽한 투구폼이 오히려 고생길을 만들 줄이야."

랜디 존슨의 말에 피식 웃고 말았다.

슬라이더 하나를 던지기 위해 여기까지 왔다.

랜디 존슨과 내가 머리를 맞대서 준비 중인 신구종이 어떤 식으로 결과물을 만들어낼지 아직까지도 의문인 건 사실이지만, 우선은 최대한 해볼 수 있는 만큼 노력을 해보는 수밖에 없었다.

"그리고 이거."

랜디 존슨이 한 권의 화보집을 내게 내밀었다.

표지에는 땀을 흘리고 있는 내 모습이 아주 생생하게 담겨 있었다.

"이게 뭡니까?"

"작년에 내가 찍었던 사진들을 화보집으로 엮은 거다. 제법 잘 나왔다."

"진짜로 그때 찍은 사진들로 화보집을 만들었습니까?"

작년에 부상을 당했다가 이후 몸을 만들 때, 랜디 존슨이 훈련을 도와주며 찍은 사진들이다.

제법 두툼한 화보집은 한 장, 한 장이 모두 생동감이 느껴졌다.

여느 모델들처럼 멋있는 모습과는 조금 달랐다.

사진 역시도 깨끗하고 세련된 이미지보다는 투박한 듯하면서도 거친 느낌이 강했다.

"말했다시피 모델료는 순이익의 절반이다."

"판매가 되겠습니까?"

개인적으로는 만족스러웠지만, 과연 이런 화보집이 상업

적으로 팔려 나갈 것인지에 대해서는 솔직히 의문감이 들었다.

처음부터 돈을 벌 목적으로 사진을 찍은 게 아니다.

화보집에 실린 사진들 역시 카메라 앞에서 사진작가의 요구에 맞춰서 포즈를 취한 것도 없었다. 실제로 훈련을 하는 모습 그대로 사진을 찍었고, 수천 장의 사진들 중 일부를 선별해서 그걸 화보집으로 엮은 것일 뿐이다.

결과적으로 내가 한 일이라고는 훈련하는 모습을 찍는 것에 동의를 했을 뿐이다.

이런저런 노력을 따졌을 때, 순이익의 절반이나 내게 주겠다는 랜디 존슨의 말은 확실히 과한 부분이 없잖아 있었다.

'일차적으로 팔려야 되겠지만.'

과연 팔릴까?

일부 팬들의 호기심과 팬심에 의해 어느 정도는 팔리겠지만, 랜디 존슨이 노력한 만큼의 보상을 받을 정도로 많은 판매가 되리라고는 생각이 들지 않았다.

"살 사람은 사겠지. 그것보다도 판매처 문제로 인해 네 에이전시와 연락을 했으면 좋겠다."

"제가 연락을 해보라고 말해두겠습니다."

그거면 충분하다는 듯 랜디 존슨은 고개를 끄덕이며 몸

을 일으켰다.

"샤워 좀 하고 자야겠군."

제집처럼 자연스럽게 욕실로 향하는 랜디 존슨이었다.

*   *   *

6월 13일 화요일, 리글리 필드.

시카고 컵스와의 원정 3연전 중 마지막 3차전에 선발로 마운드에 올라야 했다.

리글리 필드에 대한 기억은 오직 하나뿐이다.

작년 6월 3일, 안젤라와 공개적으로 연인 관계임을 생중계했고, 그날 경기에서 시즌 3번째 퍼펙트게임을 달성했다.

그리고 보니 벌써 안젤라와 연인이 된지도 1년이 지났다.

요즘 안젤라는 무척이나 바빴다.

6개월 동안 고생하며 찍었던 영화가 개봉을 앞두고 있었기에 본격적으로 영화 홍보를 다녀야 했다.

덕분에 지난 번 워싱턴에서 헤어지고 지금까지 전화 통화만 할 뿐, 만나지는 못하고 있었다.

다른 연인들처럼 1주년 기념일도 제대로 챙기지 못할 정도였다.

"흐흐흐! 어때?"

오늘도 역시나 내 공을 받기 위해 포수 마스크를 쓴 형수가 의미심장하게 웃었다.

"뭐가?"

"1년 만이잖아. 다시 한 번 퍼펙트게임을 해줘야 하지 않겠어? 너 작년에는 여기서 3번째 퍼펙트게임을 달성했잖아? 그런 점에서 봤을 때, 올 시즌에는 고작 한 번밖에 없으니 작년에 비하면 페이스가 너무 떨어진 거 아냐? 힘 좀 팍팍 내서 퍼펙트게임 좀 해봐."

형수는 퍼펙트게임을 도대체 뭐라고 생각하는 걸까?

"헛소리 그만하고 가자."

"두 번째 퍼펙트 가자!"

형수의 말을 흘려들으며 마운드에 올랐다.

1회 초, LA 다저스의 공격은 득점 없이 끝나고 말았지만, 요즘 다저스 타자들의 컨디션이 최고조에 올라 있었기에 득점 지원에는 큰 걱정이 없었다.

선발 투수 입장에서 타자들이 요즘처럼만 타격을 해주면 더 이상 바랄 게 없을 정도였다.

타자들 전체적으로 모두 타격 감각이 좋았지만, 그중 복귀전 이후 미치 네이의 방망이가 무척이나 뜨거웠다.

미치 네이는 3일 복귀전에서 5타수 3안타를 시작으로 어제 7일까지 무려 21타수 12안타를 기록하고 있는 중이다.

팀의 중심 타자로서 홈런이 없다는 게 흠이긴 했지만, 고타율을 내달리고 있는 이상 언제든 홈런이 터져도 이상할 게 없을 정도로 타격 감각이 탁월했다.

연습 투구를 마치고 나니 타석으로 타자가 들어섰다.

오늘은 형수와 미리 말했던 대로 라이징 패스트볼을 던지지 않을 생각이다.

손목에 대한 부상 방지도 필요했고, 이미 타자들에게 라이징 패스트볼에 대한 경각심을 가슴 깊이 심어둔 이상 굳이 무리해서 라이징 패스트볼을 던질 이유가 없다 판단했기 때문이다.

물론 경기장을 찾은 팬들에게는 미안한 일이었지만 그들의 기대를 충족시키기 위해 몸에 무리를 가할 순 없었다.

초구는 빠르게 사인을 주고받은 뒤 곧바로 던졌다.

쉐애애액.

퍼엉!

"스트라이크!"

초구부터 몸 쪽 꽉 찬 스트라이크를 던져 넣었다.

타석에서 한 발 물러나며 고개를 갸웃거리는 모습이 보였다.

언론의 호들갑으로 전 세계적으로 나를 인식하는 가장

첫 번째 단어가 바로 라이징 패스트볼러다.

자연스럽게 타자들 또한 그럴 수밖에 없었으니 내가 단순한 포심 패스트볼을 던진다 하더라도 타자들 입장에서는 공이 포수 미트에 들어가기 전까지는 혹시라도 라이징 패스트볼이 아닌가 하는 의문을 품을 수밖에 없었다.

'생각할 틈을 주지 말고 몰아치자.'

오늘 경기에서 나와 형수가 세운 계획이다.

2구는 바깥쪽.

퍼엉!

"스트라이크!"

형수에게 공을 전달 받기가 무섭게 3구.

부웅!

"스윙! 타자 아웃!"

바깥쪽으로 빠지는 체인지업에 타자는 성급하게 배트를 휘두르고 말았다.

타자와 투수는 자고로 타이밍 싸움에서 판가름이 난다.

지금처럼 생각할 시간을 주지 않으며 빠르게 몰아치면 타자 입장에서는 당연히 내 속도에 따라오느라 생각이 더 더질 수밖에 없다.

부웅!

"타자 아웃!"

높은 코스의 포심 패스트볼에 타자의 방망이가 헛돌며 순식간에 1회 말이 끝났다.

"컵스 놈들 완전 얼이 빠져 있더라. 흐흐흐!"

형수의 웃음기 가득한 얼굴을 바라보며 나 역시 희미하게 미소를 지었다.

"캬아~ 지혁아, 하늘 좀 봐라. 오늘 날씨 정말 죽이지 않냐? 퍼펙트게임 하기에 딱 좋은 날씨다. 안 그러냐?"

쉬지 않고 퍼펙트 타령을 하는 형수였다.

4회 말, 드디어 깨지고 말았다.

실투였다.

컷 패스트볼이 밋밋하게 들어가면서 한가운데로 몰렸다.

이런 공을 타자가 못 때리면 그건 그날 투수의 운이 최고라 부를 만하겠지만, 실제로 그런 일은 거의 벌어지지 않는다.

마운드에서 공을 던지는 내가 세계 최고의 무대에 올라선 투수라면 타석에 들어서 있는 타자 역시 마찬가지로 천재 소리를 밥 먹듯 들으며 메이저리그 무대에 올라온 야구선수였으니까.

손끝에서 실밥이 제대로 긁히지 않는 순간, 공이 날아가는 궤적을 보는 순간, 타자의 배트가 타격에 성공하는 순간,

타구를 날리고 팔로우 스윙을 가져가며 입가에 함박웃음을 짓는 타자의 얼굴을 보는 순간.

그 모든 순간순간이 투수에게는 아찔함을 선사한다.

그리고 마지막으로.

따— 아아악.

고막을 관통하는 타격음은 돌아보지 않아도 공이 펜스를 넘길 것을 확신하게끔 만든다.

한 폭의 그림처럼 배트를 어깨 뒤로 던지며 양손을 하늘로 번쩍 치켜드는 시카고 컵스의 3번 타자 존 카펠로는 마치 시즌 MVP라도 받은 것처럼 환하게 웃었다.

경기장 한쪽에서는 열광적인 환호성이 터져 나왔고, 나머지 한쪽에서는 안타까움의 탄식과 야유가 쏟아져 나왔다.

이걸로 끝났다.

메이저리그 역사에 한 획을 그은 연속 이닝 무실점 신기록이 82.2이닝으로 마감됐다.

기존의 기록을 훌쩍 뛰어넘는 대기록을 달성했기에 아쉬움은 없었지만, 좀처럼 실투를 하지 않는 내가 실투에 의해 안타도 아니고 홈런을 허용하면서 기록이 깨졌다는 사실에 솔직히 입안이 쓰게 느껴졌다.

정정당당하게 승부를 벌여 타자에게 홈런을 허용했다면

차라리 나왔을 텐데.

올 시즌 첫 번째 피홈런이다.

전쟁에서 승리한 개선장군처럼 위풍당당하게 베이스를 도는 존 카펠로를 바라보다 피식 웃음이 나왔다.

이제 정말 부담감에서 해방된 거다.

딱히 기록에 연연하지는 않았지만, 연일 기록에만 집중하는 언론과 팬들로 인해 신경이 쓰였던 건 사실이었으니까.

"이 세상에 실점하지 않는 투수가 어디 있겠어."

작게 중얼거리고는 손에 들고 있던 로진백을 내려놓았다.

타석을 바라보니 타자 박스에는 무언가 기대에 가득 찬 4번 타자의 얼굴이 가장 먼저 눈에 들어왔다.

이전 타석까지만 하더라도 잔뜩 긴장한 모습을 보였던 타자가 내가 실점하니 자신감을 회복한 거다.

"…다시 기록에 도전해 볼까."

피식 웃고는 힘차게 초구를 던졌다.

《차지혁, 연속 이닝 무실점 기록 82.2이닝에서 마감!》

《기록을 저지시킨 존 카펠로(CHC)의 호쾌한 한 방!》

《시즌 첫 번째 피홈런에 고개를 떨구는 차지혁!》

《9이닝 1실점, 호투로 시즌 16승을 달성한 LA 다저스 슈퍼 에이스 차지혁!》

《10연승 질주! 누가 차지혁을 막을 것인가!》

《차지혁, 150이닝 돌파! 평균자책점 0.53! 255K! 2년 차 징크스 따윈 없다!》

《LA 다저스, 차지혁과 연장 계약에 자신 있다!》

《슈퍼 에이스 차지혁, 시즌 17승! 11연승! 브레이크 없는 승리 질주!》

《시즌 18승 실패, 6이닝 2실점. 올 시즌 최저 이닝 기록!》

《30일, 샌프란시스코 자이언츠 상대로 시즌 18승을 따내며 전반기를 마친 차지혁!》

《MLB 최고의 스타에 차지혁 압도적인 차이로 1위에 뽑히다!》

《2028 시즌에도 사이영상과 MVP 수상이 유력한 LA 다저스 차지혁!》

6월이 그렇게 지나고, 7월이 시작됐다.

Chapter 11

"지혁아! 이게 얼마 만이냐?"

"자주 연락드리지 못해서 죄송합니다."

"아냐, 아냐! 이제는 세계적인 스타인데 얼마나 바쁘겠냐? 잊지 않고 가끔씩이라도 연락해 주는 것만으로도 황송하게 생각한다. 하하하! 농담이야, 농담. 한국에서 네 경기는 꼬박꼬박 잘 챙겨보고 있다. 예전에 내가 알던 차지혁이랑은 완전히 달라졌던데? 도대체 넌 뭘 어떻게 하길래 2년만에 그렇게 폭풍 성장을 한 거냐? 특별한 비결이라도 있는거야? 응? 있으면 이 형에게도 좀 알려줘라. 요즘 형이 죽겠다. 이러다가 내년이라도 은퇴해야 하는 게 아닌가 싶을 정도다. 도대체 비결이 뭐야? 응?"

장난스러운 정현우 선배의 모습에 자연스럽게 웃음이 나왔다.

지난겨울 한국에 갔을 때 만났던 모습 그대로인 정현우 선배였기에 편안했다.

"뭐야? 이 여유 있는 웃음은? 예전에는 잘 웃지도 않고 그러더니 역시 자리가 사람을 만든다더니! 이제 세계적인 스타라고 여유가 흐른다 이거냐?"

"여유는요, 무슨."

"주영이 형! 이 자식 좀 봐요. 완전 사람이 달라졌다니까요?"

정현우 선배의 호들갑에 오주영 선배가 고개를 끄덕였다.

"달라졌네. 역시 세계적인 스타답네. 멋있어졌어. 하하하!"

반가운 사람들과의 만남이다.

내가 처음으로 프로 생활을 했던 대전 호크스의 정현우 선배와 오주영 선배를 미국에서 만나게 될 줄이야.

이들이 미국으로 온 이유는 간단하다.

작년 한국 프로 리그에서 대전 호크스는 시즌 성적 4위를

기록하며 제11회 IBAF 챔피언스 티켓을 확보했기 때문이
다.

"C조라 하셨죠?"

"응. 조 대진표가 최악이야."

정현우 선배가 죽는 소리를 하며 얼굴을 찌푸렸다.

"조 1위야 어차피 메이저리그 구단들이 죄다 시드 배정
을 받으니 애초부터 욕심도 없었지만, 그래도 내심 조 편성
만 잘 받으면 조 2위 정도는 노려볼 만하지 않을까 싶었는
데……."

말끝을 흐리는 정현우 선배의 얼굴엔 아쉬움이 가득했
다.

총 8개의 조별 경기는 각 조 1, 2위만 16강에 올라갈 수
있다.

기본적으로 메이저리그 구단의 경우 세계 최고의 리그
였기에 디비전 시리즈에 진출한 8개 구단─와일드카드 결정
전 승리팀 포함─의 경우 각 조에 시드(seed) 배정을 받는
다.

챔피언스 리그 자체가 미국에서 열리기도 했고, 메이저
리그 구단끼리 조별 리그에서 맞붙어 탈락하는 일을 방지
하기 위함이었다.

비메이저리그 구단들에게는 불합리한 조 편성이었지만,

아직까지 야구에 있어서만큼은 메이저리그의 파급력을 따라갈 수 없었기에 어쩔 수 없이 따라야만 했다.

챔피언스 리그 조편성 룰에 따라 작년 시즌 내셔널리그 서부 지구 우승팀인 LA 다저스는 C조 1순위로 편성이 되었는데, 공교롭게도 C조에 대전 호크스가 함께 속하게 됐다.

객관적인 전력으로 봤을 때, 대전 호크스가 LA 다저스를 상대로 이길 확률은 무척이나 희박하다. 놀랄 만한 이변이 벌어지지 않는 이상은 대전 호크스가 LA 다저스를 이길 일은 거의 없다고 봐도 좋았다.

그렇기에 애초부터 대전 호크스는 메이저리그 구단을 제외하고 조 2위만 하자라는 심정이었지만, 올 시즌 C조의 편성이 결코 희망적이지 못했다.

"왜 하필이면 작년 대회 우승팀인 요미우리 자이언츠가 C조에 속했냐고!"

과도한 행동과 함께 절규에 가까운 탄성을 터뜨리는 정현우 선배의 말에 오주영 선배가 피식 웃었다.

오주영 선배의 웃음이 무엇을 의미하는지 알 것 같았다.

LA 다저스라는 가장 큰 적은 어차피 논외로 친다.

그렇다면 남은 건 나머지 두 팀이다.

그런데 그중 한 팀이 공교롭게도 지난 대회 우승팀이자

작년 시즌 일본 프로리그 우승 팀인 요미우리 자이언츠였다.

아무리 좋게 생각해도 대전 호크스 전력으로 요미우리 자이언츠를 상대한다는 건 쉽지 않은 일이다.

여기에 마지막 남은 한 팀조차 대만 프로 리그 우승팀인 라미고 몽키즈였으니, 조 2위를 노리고 있는 대전 호크스로서는 절망적이라고 부를 수밖에 없는 상황인 거다.

요미우리 자이언츠는 이번 대회에서도 꽤 주목을 받고 있는 팀으로 전력이 대단히 뛰어났기에 솔직히 LA 다저스 입장에서도 만만하게 볼 수가 없었다.

작년에 대만 리그 정상에 올랐던 라미고 몽키즈의 경우 다저스 입장에서는 방심만 하지 않으면 무난하게 승리가 예견되었지만, 대전 호크스 입장에서는 가장 약체라 부를 수 있는 팀조차 전력을 다해야만 했다.

상황이 이렇다 보니 전문가조차 C조에서 최약체로 선택한 팀이 대전 호크스였다.

"다른 만만한 팀들도 많은데 왜 하필 일본하고 대만에서 우승을 한 팀들이 죄다 몰렸냐고."

정현우 선배가 죽을상을 하며 그렇게 투덜거렸다.

"우리도 2년 전에는 한국에서 우승했던 팀이잖아."

오주영 선배의 말에 정현우 선배가 피식 웃었다.

"그때야 괴물 같은 지혁이가 있었으니까 가능했던 일이고요. 지금은 지혁이도 없는데 누구 믿겠어요? 미리 말하지만 형은 믿고 싶지 않으니까 사양할게요."

"나도 날 못 믿는다. 됐냐?"

"어쨌든! 도대체 우리 호크스는 누굴 믿고 C조에서 경기를 하냐고!"

말은 저렇게 해도 막상 시합이 벌어지면 누구보다 이를 악물고 뛸 선수가 정현우 선배였다.

"그나저나 너야 어차피 요미우리 전에 선발로 등판할 테고, 우리랑 붙을 때는 누가 선발로 나오냐?"

정현우 선배가 은근하게 물어왔다.

어제까지 경기를 했었던 다저스였기에 선발 로테이션을 조금만 생각하면 얼마든지 예측이 가능했고, 딱히 비밀도 아니었기에 대답을 해주었다.

"존 로더키가 선발로 나갈 겁니다."

"존 로더키?"

LA 다저스의 3선발 투수. 전반기 9승을 거두며 무난하게 3선발 투수로서의 자리를 확실하게 지켜낸 존 로더키다.

대전 호크스 입장에서는 나나 딜런 아담스가 아니라는 점에서 환영해야 할지 모르나, 존 로더키 역시 무척이나 상대하기 곤란한 투수인 건 사실이었다.

"음… 지혁아."

"예?"

"이건 어디까지나 너와 함께 생활했던 옛정을 생각해서 하는 말인데… 존 로더키 약점이 뭐냐? 많이는 바라지 않을 테니까 조금만 풀어봐 봐."

정현우 선배의 말에 나는 작게 웃음을 터뜨리고 말았다.

*   *   *

따— 악!

형수가 두 손을 번쩍 들었다.

타구는 빠른 속도로 다저 스타디움의 가장 깊숙한 코스의 펜스를 넘겨 버렸다.

홈런을 맞은 대전 호크스의 투수 김영석은 한숨을 푹 내쉬며 고개를 젓고 있었다.

6회 말, 어느덧 점수는 7점 차이로 벌어졌다.

3회 말까지만 하더라도 LA 다저스와 대전 호크스의 대결은 생각 외로 팽팽했다.

존 로더키를 상대로 대전 호크스 타자들은 매 이닝마다

안타를 치고 나가면서 득점 기회를 얻었고, 대전 호크스의 선발 투수 해니시 커튼은 다저스 타자들을 상대로 3이닝 동안 탈삼진 4개를 뽑아내며 예상외의 호투를 보여줬다.

6년 동안 마이너리그를 전전하던 투수였다는 게 믿기지 않을 실력이었다.

하지만 딱 거기까지였다.

4회 말, 선두 타자였던 코리 시거가 좌측 펜스를 넘기는 솔로 홈런을 터뜨리면서 해니시 커튼의 좋았던 분위기를 흐려놨다.

이어진 타자, 데니스 플린이 2루타를 때렸고 득점권에 주자를 둔 상황에서 마이크 트라웃은 오늘 경기 두 번째 홈런을 터뜨렸다.

이후에도 미치 네이와 형수가 안타를 터뜨리자 해니시 커튼은 자신감을 잃고 볼넷으로 추가 실점을 허용하며 겨우 4이닝을 채우고 쫓기듯 마운드를 내려갔다.

다저스 타자들이 점수를 뽑아내자 존 로더키 역시 대전 호크스 타자들을 상대로 한층 위력적인 투구를 선보이기 시작했다.

경기 초반 단타를 터뜨리며 안타를 계속해서 생산했던 대전 호크스 타자들은 오히려 5회, 6회에는 삼자범퇴, 그것도 각 이닝마다 2개의 삼진을 헌납하며 무기력한 모습을 보이고 말았다.

점수 차이가 7점으로 벌어지자 게레로 감독은 대거 주전 선수들을 교체시켰다.

어차피 C조에서 최약체로 평가를 하고 있던 대전 호크스 였으니 굳이 주전들의 체력을 소모시킬 필요가 없다는 판단을 내린 거다.

대전 호크스 입장에서는 굴욕적일 수밖에 없었지만, 그게 현실이었다.

백업 선수들이 대거 투입되었음에도 경기는 일방적으로 끝이 나고 말았다.

최종 스코어 12 : 0.

존 로더키는 7이닝 무실점으로 무난하게 승리투수가 되었고, 불펜 투수들 역시 실점을 허용하지 않으며 대전 호크스 타자들을 침묵시켰다.

경기가 끝나고 분한 모습으로 돌아가던 정현우 선배의 모습이 살짝 마음에 걸렸지만, 내가 뭐라고 위로를 건넬 입장은 아니었기에 그저 지켜만 볼 수밖에 없었다.

다음 날, 대만 프로구단 라미고 몽키즈와의 두 번째 32강 조별 경기가 열렸다.

예상대로 전날 경기에서 요미우리 자이언츠에게 패배한

라미고 몽키즈는 LA 다저스를 상대로 어떻게든 끈질기게 상대를 해보겠다는 듯 악착같이 시합에 임했다.

그러나 라미고 몽키즈 역시 다저스의 상대로는 역부족이었다.

3회에만 5실점을 하며 일찌감치 승부가 결정지어졌다.

오히려 대전 호크스보다 더 빈약한 투수진으로 인해 7회까지 15점을 얻어낸 다저스 타선이었다.

경기 결과는 17 : 2.

2점이나 실점을 했지만, 경기 내용을 살펴보면 게레로 감독과 코치진의 시험적인 선수 기용에서 일어난 실수일 뿐이었다.

실력적인 면에서는 확실히 라미고 몽키즈나 대전 호크스나 별반 차이가 없었지만, 그나마 조금 더 손을 들어주자면 대전 호크스 쪽이었다.

그러나 대전 호크스 역시 요미우리 자이언츠에게는 부족한 점이 많은 상대였다.

5 : 2라는 점수로 패배한 대전 호크스는 조 2위의 꿈을 깨끗하게 포기해야만 했다.

그리고 모두가 기다렸던 LA 다저스와 요미우리 자이언츠의 경기 날이 되었다.

요미우리 자이언츠의 선발 투수는 팀 에이스라 평가를

받고 있는 아사노 쇼타로. 평균 155㎞, 최고 158㎞까지 나오는 빠른 공을 던질 줄 아는 강속구 투수였다.

일본에서는 상당한 인기를 얻고 있는 투수였고, 인기와 실력을 겸비한 만큼 예전부터 메이저리그 구단의 관심을 받고 있었지만, 아사노 쇼타 스스로 미국 진출은 하지 않겠다고 선언을 한 독특한 투수기도 했다.

작년 챔피언스 리그에서도 메이저리그 타자들을 상대로 꽤 좋은 모습을 보였기에 다저스 타자들로서도 이전 대전 호크스나 라미고 몽키즈의 투수들을 상대할 때와는 다른 마음가짐을 가져야 했다.

"공 좋네."

마운드 위에서 힘차게 공을 던지는 아사노 쇼타를 바라보며 형수가 고개를 끄덕였다.

형수의 말처럼 확실히 아사노 쇼타의 공은 인정할 만했다.

낮게 깔리면서 묵직하게 포수 미트에 박혀 들어가는 포구음이 메이저리그 평균 이상이었다.

'다저스에 온다면 포스터 그리핀보다는 나을 것 같네.'

LA 다저스의 1, 2, 3선발이 워낙 막강했기에 그렇지, 선발진이 조금만 빈약한 구단이라면 메이저리그에서도 충분히 3선발은 꿰찰 수 있을 것 같았다.

"공이 아무리 좋으면 뭐해? 간이 콩알만 한 놈인데."

형수의 말에 픽 웃고 말았다.

"말이 좋아서 일본 야구를 지키겠다는 거지, 솔직하게 말해서 미국에서 아무리 성공한다 하더라도 일본에서만큼 성공할 자신이 없으니까 일찌감치 포기한 거 아닌가? 사내새끼가 저렇게 야망이 없어서야! 야구를 시작했으면 못 먹어도 고! 메이저리그에는 서봐야 하는 거 아니냐?"

나를 바라보며 그렇게 묻는 형수였다.

"옛말에도 있잖아. 용의 꼬리가 되느니 뱀의 머리가 되겠다고."

"흐흐흐! 딱이다! 딱!"

좋다고 웃는 형수를 뒤로하고 타석에 들어서는 1번 타자 던컨 카레라스와 아사노 쇼타의 대결을 진지하게 지켜보기 시작했다.

아사노 쇼타의 초구는 대범하게도 스트라이크 존 한가운데를 관통하는 포심 패스트볼이었다.

전광판에 찍힌 95마일의 구속은 타자가 초구를 노리고 들어갔다면 얼마든지 장타로 만들어 버릴 수 있는 위험한 공이었다.

"메이저리그에 올 자신은 없는 놈이 초구부터 허세네. 제발 나한테도 그렇게 허세 한 번 부려줬으면 좋겠다. 그대로 넘겨 버리게. 흐흐흐!"

형수의 시끄러운 목소리를 옆으로 흘려들으며 아사노 쇼타의 두 번째 공을 기다렸다.

두 번째 공은 볼. 바깥쪽을 살짝 벗어난 듯 보였다.

공을 던지고 난 아사노 쇼타와 포수 마스크를 쓰고 있는 고로 산이치가 스트라이크가 아니냐는 어필을 했지만, 주심은 고개를 흔드는 것으로 볼임을 강조했다.

"좀 애매했지?"

형수의 물음에 고개만 끄덕였다.

주심 성향에 따라서 스트라이크를 선언해도 될 정도로 정말 괜찮은 공이긴 했다.

원 스트라이크 원 볼 상황에서 고른 아사노 쇼타의 세 번째 공은 던컨 카레라스의 몸 쪽 높은 코스를 찌르고 들어간 스트라이크였다.

코스가 워낙 좋았기에 어설프게 타격을 하려고 하기보단 그냥 지켜보는 쪽이 더 나은 훌륭한 공이었다.

지금까지 모두 포심 패스트볼만 던졌다.

일본 내에서 극찬을 아끼지 않는 포크볼과 수준급의 슬라이더를 가지고 있는 아사노 쇼타였기에 결정구로는 포크볼이나 슬라이더가 올 것이라는 건 모두가 예상 가능한 시나리오.

아니나 다를까, 아사노 쇼타는 길게 승부를 가져가고 싶지 않다는 듯 스트라이크 존으로 날아오는 공을 던졌다.

부웅!

펑.

타자 바로 앞에서 급격하게 꺾이면서 바운드가 되어버릴 정도의 포크볼에 던컨 카레라스는 헛스윙을 당하고 말았다.

포수인 고로 산이치가 재빠르게 블로킹을 해서 공을 잡고는 1루를 향해 던졌다.

낫아웃 상황에서 던컨 카레라스는 1루를 향해 절반도 달리지 못하고 아웃당하고 말았다.

"포크볼이 좋다고 하더니… 뭐, 나쁘진 않네."

말과 다르게 표정은 떨떠름함이 가득한 형수였다.

"나쁘지 않은 정도가 아니라 정말 멋진 포크볼이야. 조심해라. 오늘 저 공을 공략하지 못하면 점수 내기 쉽지 않겠어."

"걱정마라! 저 정도 포크볼은 단숨에 날려 버릴 테니까!"

자신 있게 말을 하는 형수였지만, 내 머릿속에는 이미 과도한 스윙으로 삼진을 당하는 형수의 모습이 자연스럽게 그려지고 있었다.

그리고 그런 내 예상은 다른 타자들이라고 다르지 않았다.

던컨 카레라스를 시작으로 크레이그 바렛과 코리 시거마저 아사노 쇼타의 포크볼에 꼼짝없이 삼진을 당하며 1회 초부터 세 타자 연속 삼진이라는 굴욕을 맛봐야만 했다.

결정구는 모두 포크볼이었다.

"지혁아, 너도 깔끔하게 세 타자 연속 삼진으로 요미우리 자이언츠 타자 놈들에게 따끔한 맛을 보여줘. 메이저리그를 제패하고 있는 세계 최강의 투수가 누군지 확실하게 보여줘라. 알겠지?"

형수의 말에 피식 웃고는 마운드에 올라 연습 투구를 시작했다.

컨디션은 그냥 보통 때와 다름없었다.

몸이 가볍게 느껴지진 않았지만, 그렇다고 무겁게 느껴지는 것도 아니었다.

연습 투구를 마치고 나자 요미우리 자이언츠의 1번 타자 히가시데 카즈키가 타석에 들어섰다. 170㎝가 겨우 넘을 정도로 야구 선수치고는 작은 히가시데 카즈키는 요미우리 자이언츠 부동의 2루수다.

전력분석실에서 가져다 준 데이터를 머릿속에 떠올렸다.

'모든 면에서 1번 타자로서 손색이 없지만, 역시 취약점

이라면 파워 부족.'

일본 프로 무대에서 8년째 활약을 하고 있는 히가시데 카즈키였지만, 그를 한마디로 압축하면 이거였다.

사토시 준의 다운그레이드.

그건 곧 내게 있어 최하위 사냥감이라는 뜻이다.

'아사노 쇼타의 초구가 95마일이었으니까.'

형수와 사인을 주고받고 곧바로 1구를 던졌다.

쇄애애애액.

퍼엉!

"스트라이크!"

고개를 돌려 전광판을 바라보니 98마일의 구속이 찍혀 있었다.

생각했던 것만큼 구속이 나왔다.

좋은 공이라며 연신 나이스를 외치며 공을 돌려주는 형수의 모습에 히가시데 카즈키의 표정이 살짝 못마땅하다는 듯 일그러졌다.

'세 타자 연속 삼진이라.'

계획에 전혀 없던 일이었지만, 아사노 쇼타에게 기선을 제압당한 팀 타자들의 기운을 북돋아 줄 겸 1회부터 전력을 다하는 것도 나쁘지는 않을 것 같았다.

거기에 작년 대회에서 메이저리그 팀들을 연속으로 격파

하며 우승까지 차지했던 요미우리 자이언츠의 콧대를 확실하게 꺾어놔야 한다는 생각도 머릿속에서 맴돌기 시작했다.

'한 번 가보자.'

글러브로 가린 공을 가볍게 만지며 2구를 준비했다.

*   *   *

퍼어어엉!

"스트라이크! 타자 아웃!"

타석에 서 있던 타자가 주심을 향해 거칠게 어필을 했다.

스트라이크 존에서 좀 벗어났다! 멀었다! 이걸 스트라이크 선언하면 어떻게 하느냐!

타자의 언성이 생각보다 컸고, 주심은 마스트를 벗고 그를 가만히 노려봤다.

씩씩거리는 타자는 눈치가 없는 건지, 자신의 생각이 정당하다 여기는 건지 주심의 싸늘한 눈초리에도 물러설 기세가 전혀 아니었다.

'저러다 퇴장당하지.'

같은 미국인이라고 봐준다?

메이저리그 주심들에게는 손톱만큼도 통하지 않을 말

이다.

메이저리그 주심들은 혈연관계에 얽혀 있다 하더라도 주심의 권위에 도전하는 선수에게 있어서만큼은 과하다 싶을 정도로 엄격한 대처를 해오고 있었다.

예상대로 주심은 결국 언성을 높이며 강하게 자신의 생각을 주장하는 타자에게 퇴장 명령을 내렸다.

퇴장 명령이 떨어지자 타자의 표정이 더욱 일그러졌다.

당장이라도 주심의 멱살이라도 잡을 것처럼 흥분한 타자를 요미우리 자이언츠의 코치들이 가까스로 말리며 끌고 갔다.

"뭘 저렇게까지 어필하는 거야? 적당히 했어야지. 예전에 메이저리그에 올라왔을 때에도 주심과 싸우길 밥 먹듯이 했다고 하더니 예전 버릇을 전혀 못 고쳤군."

형수의 말대로, 지금 퇴장 당한 요미우리 자이언츠의 3번 타자 로빈 카윌은 4년 전까지만 하더라도 탬파베이 레이스에서 백업 선수로, 실력적인 면에서는 충분히 주전 선수 자리를 노려볼 만했다.

하지만 불같은 성격과 그로 인해 동료 선수들과 어울리지 못하면서 결국은 일본에서 제2의 인생을 살 수밖에 없었다.

어설프게 백업 선수로 메이저리그에 붙어 있는 것보다

일본에서 몇 배나 더 많은 돈을 받으며 용병 생활을 하는 것이 로빈 카월에게도 더 나았고, 실제로도 그런 삶에 만족하고 살아가는 선수들이 많았다.

"저것만 봐도 일본에서 얼마나 거들먹거리면서 살았을지 뻔히 보인다."

형수가 혀를 차고는 타석에 설 준비를 했다.

"내 말처럼 지혁이 네가 세 타자 연속 삼진으로 1회 말 수비를 멋지게 막았으니 이제 내가 한 방 제대로 터뜨리고 돌아오마."

앞선 타자들이 줄줄이 삼진이나 범타로 무기력하게 물러나는 걸 봤음에도 형수는 자신 있는 표정이었다.

더그아웃을 나가기 전 무슨 생각인지 형수가 음료를 담아 둔 아이스박스에서 사각 얼음 하나를 꺼내 자신이 앉았던 의자에 올렸다.

"이 얼음이 다 녹기 전에 한 방 날리고 돌아오겠다."

삼국지의 유명한 장면을 패러디하곤 자신만만한 걸음으로 더그아웃을 빠져나가는 형수였다.

그리고.

자신의 말처럼 형수는 사각 얼음이 다 녹기 전에 더그아웃으로 돌아왔다.

"멋진 삼진 잘 봤다."

"젠장! 포크볼이 올 거라는 걸 알고 있었는데……."

"알고 있었는데 왜 헛스윙을 했어?"

"공이 눈에 너무 딱 들어와서 나도 모르게 본능적으로……."

"그걸 변명이라고 하는 거야?"

"…다, 다음에는 내가 진짜 반드시 보여줄게."

예상대로 아사노 쇼타의 포크볼은 LA 다저스 타자들을 무척이나 괴롭게 만들었다.

메이저리그에서도 흔하게 볼 수 없을 정도로 명품 포크볼인 건 확실했다.

흔한 말로 알고도 못 치는 공이 현재 아사노 쇼타의 포크볼이었다.

'두 번째 타석에는 좀 달라지려나?'

명색이 메이저리거들이니 기대를 해볼 만하겠지만, 오늘 아사노 쇼타의 컨디션이 너무나도 좋아 보였기에 왠지 쉽지 않을 것 같기도 했다.

2회에도 2개의 탈삼진을 기록하며 당당하게 마운드를 내려가는 아사노 쇼타.

'생각 외로 투수전이 될 수도 있겠네.'

전혀 생각하지 않았던 방향으로 경기가 흘러가기 시작했다.

이시다 타카시.

요미우리 자이언츠 최고의 타자.

작년 챔피언스 리그에서 엄청난 활약으로 팀을 우승으로 이끈 주역.

챔피언스 리그에서의 활약으로 많은 메이저리그 구단으로부터 러브콜을 받았지만, 결국 요미우리 자이언츠에서 이적을 거부하는 바람에 메이저리그 진출이 좌절된 선수이기도 했다.

올해 29살의 나이는 충분히 메이저리그 구단에서도 계약을 진행시킬 만했다.

잘나가는 타자들은 대략 서른 중반까지도 꾸준하게 활약을 해주기 때문에 이시다 타카시 역시 이적시킬 만한 매력적인 선수였다.

내년 시즌까지 계약이 남아 있다고 했으니 올 시즌이 끝나면 이사다 타카시가 스스로 메이저리그 진출을 강력하게 희망할 경우 요미우리 자이언츠로서도 놔줄 수밖에 없다.

타석에 선 이시다 타카시는 187㎝의 키에 적당하게 근육이 붙은 체형으로 파워와 주력을 고루 갖추고 있었다.

일본에서도 매년 30개의 홈런을 때려내고 있었고, 20개 이상의 도루도 해주고 있었으니 이만한 타자를 찾기란 쉽지 않았다.

'가볍게 초구부터 넣어 보자.'

몸 쪽 공에 대한 대응력이 어느 정도인지 확인해 보기 위해 몸 쪽으로 꽉 차게 들어가는 포심 패스트볼을 던졌다.

미동도 없이 공을 그대로 보내는 이사다 타카시였다.

전형적으로 자신의 공이 아니면 쉽게 배트를 휘두르지 않는 유형의 타자라는 데이터와 정확하게 일치하는 듯 보였다.

좋은 타자는 절대 초구부터 멋대로 배트를 휘두르지 않는다.

물론 자신이 좋아하는 코스의 공이 날아오면 거침이 없겠지만, 대다수 그런 공은 오는 일이 거의 없었기에 스트라이크가 된다 하더라도 카운트를 주고 시작하는 경우가 많았다.

두 번째 공은 빠지는 유인구.

퍼엉.

"볼."

이번에도 이시다 타카시는 미동이 없었다.

세 번째로 던진 공은 이시다 타카시가 가장 좋아하는 바깥쪽 높은 코스에서 살짝 벗어나는 유인구를 던졌다.

딱!

배트가 나오며 타구가 파울 라인으로 들어가 버렸다.

스트라이크를 잡겠다고 던졌다면 여지없이 안타나 장타를 맞았을 정도로 타이밍도 좋았다.

공 두 개를 지켜보면서 포심 패스트볼의 타이밍을 맞췄다는 건 확실히 타격 감각과 재능이 뛰어나다는 뜻.

이제 다음 공이 중요해졌다.

'패스트볼? 커브? 승부? 유인구?'

고민을 하다 이내 커브를 결정구로 삼기로 했다.

'파워 커브보다는 12—to—6 커브로 가자.'

패스트볼에 타이밍을 맞춘 이시다 타카시의 허를 찌르기에 12—to—6 커브보다 더 좋은 결정구는 없다.

형수와 사인을 맞추고 곧바로 12—to—6 커브를 던졌다.

퍼엉!

"스트라이크! 타자 아웃!"

역시나 12—to—6 커브에 대한 대처가 전혀 이뤄지지 않은 상황이라 눈뜨고 아웃 카운트를 헌납했음에도 불구하고 이시다 타카시의 표정은 웃음기가 가득했다.

다만, 그 웃음기가 내 입장에서는 상당히 기분 나쁜 비틀린 웃음이었다.

아마도 패스트볼을 기다렸던 것 같다.

속으로 생각하겠지.

비겁하게 승부를 피했다고.

삼진을 당하고도 아주 당당하게 더그아웃으로 걸어 들어 가는 이시다 타카시의 모습을 보고 있자니 은근히 기분이 불쾌해졌다.

그래서 다짐했다.

다음 타석에서는 이시다 타카시의 표정을 완전히 일그러 트리고 말겠다고.

이후 타자들을 상대로 삼진 하나와 외야 뜬공으로 이닝 을 마치고 돌아와선 타석에 설 준비를 했다.

"포크볼 조심해라."

형수의 말에 나는 건성으로 고개만 끄덕이곤 내 타석을 기다렸다.

'초구를 노린다.'

어차피 내 타격 실력으로 아사노 쇼타의 포크볼을 공략 한다는 건 불가능한 일이다.

그렇다면 가장 가능성이 있는 공에 확률을 높일 수밖에 없다.

초구 스트라이크 존으로 들어오는 패스트볼을 친다.

지금처럼 컨디션이 좋아 보이는 투수라면 자신이 던지는 모든 공에 자신감을 갖게 마련이다.

경기 초반 한가운데 패스트볼을 던진 건 단순한 허세가 아니라 자신의 컨디션을 점검하면서 운도 시험한 거다.

그 결과 깨끗하게 카운트를 올렸으니 아사노 쇼타는 오늘 자신의 경기가 아주 술술 풀리고 있다 여길 가능성이 농후했고, 그런 상황에서 타석에 서는 상대편 투수를 상대로 초구부터 유인구나 볼을 던질 가능성은 무척이나 희박하다.

'나라도 그렇게는 안하니까.'

그렇기에 초구를 노리고 스윙을 가져간다.

오늘 아사노 쇼타의 패스트볼 최고 구속은 95마일.

이 정도의 공이라면 충분히 타이밍을 맞출 수 있었다.

내 앞에서 두 명의 타자가 내야 땅볼과 삼진으로 물러났다.

타석에 들어서니 아사노 쇼타의의 표정이 더그아웃에서 볼 때보다 더욱더 자신감에 가득 차 있었다.

그도 그렇겠지.

메이저리그 구단, 그것도 현재 내셔널리그 서부 지구 1위를 달리고 있는 LA 다저스를 상대로 훌륭하다 칭찬받을 정도의 호투를 보여주고 있으니까.

와인드업을 하고 아사노 쇼타가 초구를 던졌다.

'한가운데 패스트볼이라니.'

아무리 내가 물방망이라고 하지만 이건… 너무 심했다.

따— 아아악!

타구가 총알처럼 아사노 쇼타의 머리 위로 날아갔다.

『100마일』 10권에 계속…

초대형 24시 만화방

신간 100%, 샤워실, 흡연실, 수면실(침대석), 커플석, 세탁기 완비

▪ 일산 정발산역점 ▪

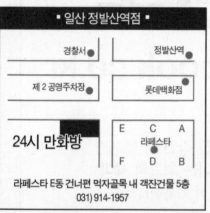

경찰서 ●　　　정발산역 ●

제 2 공영주차장 ●　　　롯데백화점 ●

24시 만화방

E　C　A
라페스타
F　D　B

라페스타 E동 건너편 먹자골목 내 객잔건물 5층
031) 914-1957

▪ 강북 노원역점 ▪

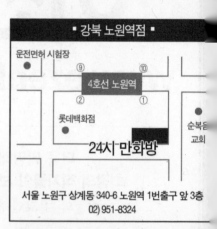

운전면허 시험장

⑨　　　⑩

4호선 노원역

②　　　①

롯데백화점 ●

순복음
교회

24시 만화방

서울 노원구 상계동 340-6 노원역 1번출구 앞 3층
02) 951-8324

▪ 부천 역곡역점 ▪

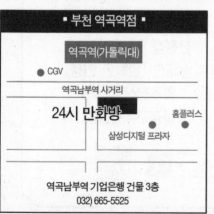

역곡역(가톨릭대)

● CGV

역곡남부역 사거리

24시 만화방

홈플러스 ●

삼성디지털 프라자

역곡남부역 기업은행 건물 3층
032) 665-5525

▪ 부평역점 ▪

부평문화의거리　시장로터리

한남시티프라자 ●

24시 만화방

나들가게

부평
지하상가

부평1번가

춘천집부평점

구, 진선미 예식장 뒤 보스나이트 건물 10층
032) 522-2871

박선우 장편 소설
FUSION FANTASTIC STORY
PERFECT GAME
퍼펙트 게임
고통과 좌절의 시간들을 뛰어넘어
불사조처럼 일어나 세계를 제패한 사나이의 일대기.
대한민국을 넘어 메이저리그를 평정하며
명예의 전당에 헌정된 언터처블 투수, 이강찬.
강철 같은 어깨에서 뿜어져 나오는 그의 패스트볼은
무적이었으며 야구계에 길이 남을 신화였다.
야구만을 사랑했던 고독한 사나이.
그의 퍼펙트게임이 이제 시작된다!
Book Publishing CHUNGEORAM
www.chungeoram.com

가프 장편 소설

관상왕의
1번룸

FUSION FANTASTIC STORY

거대한 도시의 그늘에서 벌어지는
짜릿하고 통쾌한 이야기!

『관상왕의 1번룸』

텐프로의 진상 처리 담당, 홍 부장.
절망적인 삶의 끝에서 만난 남국의 바다는
그를 새로운 인생으로 인도하는데…….

쾌락을 원하는 거부, 성공에 목마른 사업가,
그리고 실패로 절망한 사람들이여.

여기, 관상왕의 1번룸으로 오라!

Book Publishing CHUNGEORAM

유행이 아닌 자유추구 -
WWW.chungeoram.com